町なか番外地

小野寺史宜

ポプラ社

町なか番外地

装画　木内達朗
装丁　岡本歌織(next door design)

目次

妙見島《みょうけんじま》　ベルジュ江戸川二〇一号室

佐野朋香《さのともか》

あそこ、どう見ても島だよね、といつも思うことを今日もまた思う。

目に付くのだ。もうはっきり、川と川に挟まれてるから。

別の二つの川ではない。どっちも旧江戸川。

目印はラブホテルの屋上看板。そのラブホの向こうを、わりと大きな道路が通ってる。それ自体が橋代わりにもなってるから、そうとわかる。

陸の孤島ではない。一応、水に挟まれてはいる。だから、ちゃんとした孤島。町にあり、そこにがっつり紛れてる。

出勤の際、わたしはいつもこうして東京メトロ東西線の窓からその風景を見る。見るために車両の右側に寄り、右向きに立つ。

最近は退勤の際も、つまり帰宅するときもそうしてることがある。今度は車両の左側に寄って左向きに立ち、その風景を見るのだ。

初めは無意識だったが、やがて気づいた。あぁ、そうか、わたしはわざわざこれを見ようとしてるのだ、と。

別にラブホに興味があるわけではない。そのラブホが思い出の場所だったりするわけでもない。興味があるのは立地に、その島に、だ。

島はあっという間に見えなくなる。見えるのは数秒。東西線が旧江戸川を渡る前後だけ。見て、不思議だなぁ、といつも思う。

結局、そう思いたいのだ。何か、こう、日常から少し離れたい。電車での通勤なんて、日常も日常。まさに最上位の日常だから。

ただ、そこで大事なのはその、少し、という部分。完全に離れたくはないのだ。

そのもの離島に行きたいとか、電波が届かなくてスマホがつながらないその状況を楽しみたいとか、そういうことではない。少しだけ離れたい。あ、今、わたし離れた、と少しだけ感じる。その程度でいい。

考えてみたら。

マッチングアプリに登録したのも、同じ理由かもしれない。カレシがほしかったというよりは、日常から少し離れたかったから。いや、もちろん、カレシもほしかったが。

アプリへの登録。それにも手間はかからない。スマホの画面を何度かタップするのみ。指一本ですむから、手間ですらない。指間《ゆびま》、だ。

初めてのときはそれだけで、あ、わたしやった、今日常から少し離れた、と思えた。スマホがつながらない状況では無理なことだ。

インターネット最大の功績と評価する人さえいる革新的なツール。マッチングアプリ。まあ、そう評価してるのはわたしの友だちだが。

そのマッチングアプリの多くが、女性は無料。

いいことではある。そうでなければ、女性の会員は集まらない。そしてそれこそが重要。女性の会員がいなければ、男性の会員も集まらない。

でもそうなってることで、発想は出会い系サイトと同じなのだな、やはり男性のためのものなのだな、と思わされもする。

確かに女性の役にも立つし、女性の目を引く仕様になってもいる。が、釣られてるというか、集められてる感じは、どうしてもしてしまう。

いやならつかうなよ。

そのとおり。

いやではない。現にわたしもつかってる。

便利は便利なのだ。条件で相手を絞りこめるから無駄がない。初めの段階で、圏外、の人はかなり削れる。

いざ会ってみたら趣味がまったく合わないことが判明、なんてことはない。細部まではわからないというだけ。

実際、役立ってくれもした。カレシもできた。何と、二人。大学を出て働くようになってから四年間はできなかったのに、この二年間で二人。

どちらもマッチングアプリがなければ知り合えなかった相手。どちらもちゃんと普通の人だ。かつての出会い系サイトでなら知り合わされてしまいそうな欲望ギラギラ男、ではなく。

東西線は、この辺りではずっと高架を走る。だからこそ、島も見える。ラブホの屋上看板も見える。

そのあとは、葛西、西葛西、と建物が密集した東京らしい風景が続き、中川、荒川、と二本の川を立てつづけに渡る。

で、大きな川も渡ったからそろそろ行くか、とばかりに満を持して地下へと潜る。

潜って最初の駅が、南砂町だ。

わたしはそこで降りる。せっかく潜ったのに、すぐに階段を上って地表に出てしまう。だからわたしが乗る地下区間はわずか数十秒。

東西線は地下鉄らしからぬ快速も走ってるが、利用するのは各駅停車だ。乗る妙典《みょうでん》駅と降りる南砂町駅、どちらも快速は停まってくれないのでそうなる。

その南砂町にあるホームセンター。そこがわたしの職場だ。

今は三年め。インテリアを担当してる。店舗勤務。初めはみんなそうなのだ。店舗を運営する会社の社員がその店舗を知らないのでは何も始まらないから。

店はショッピングモールに入ってる。モール自体が大きく、わたしの店も広い。

もう単純に、広い店はいい。広い職場もいい。そこを歩きまわれるのがいい。売場からバックヤードへ。バックヤードから売場へ。そんなふうに歩けるだけで、仕事のストレスは軽減される。天井が高いこともいいのだと思う。そうなってると、ちゃんと声を出せる。変にヴォリュームを落とさず、ごく自然に人と話せる。

コロナがひどかった時期はさすがにそうもいかなかったが、今はだいぶ戻った。店員だから、一応マスクを着けてはいるが、声のヴォリュームを落としはしない。マスクを着けてそれをすると、お客さんが聞きとりづらくなるから。

今日は開店から店にいるので、食事休憩はお昼どき。バックヤードの休憩所で、小滝《こたき》康代《やすよ》さんと一緒になる。

わたしが座ってたところへ、小滝さんが合流。別に約束してたわけではないが、こんなふうに同じ時間になれば、小滝さんはそうしてくれる。気軽に声をかけてくれる。

わたしより七歳上。小滝さん、今は家庭用品や日用雑貨の売場マネージャーだ。

したがって立場もわたしより上だが、同じく中途採用の身だったこともあり、入社当初からいろいろ世話をしてくれた。わたしにしてみれば、お母さんにも近いお姉さん、だ。

お昼ご飯はいつも、隣接するスーパーで買う。お弁当やパスタやサンドウィッチ。その日の気分で選ぶ。おにぎりにお惣菜、なんて日もある。

今日のわたしは、中華幕の内弁当。見れば、小滝さんはさば塩焼き弁当だ。

そこに年齢差が少し出る。おかずに酢豚やエビチリを入れられると、わたしはまだ買ってしまう。カロリーという言葉を食事休憩中は忘れようとしてしまう。小滝さんは立派。ちゃんとさばを選べる。

テーブル席に並んで座り、ともにお弁当を食べる。

「佐野《さの》ちゃんヤバい」と小滝さんが言い、

「何ですか？」とわたしが言う。

「昨日で三十五になっちゃった」

「あ、そうですか。おめでとうございます」

「めでたくないわよ。四捨五入したらもう四十！」

「しなきゃいいじゃないですか、四捨五入。する必要ないし」

「いや、しちゃうのよ。しちゃうし、されちゃうのよ」

「誰にですか」

「周りに」

「されます？」

「される。そう言う佐野ちゃんだって、思ってるでしょ？　うわ、この人ついにアラフォーだって」

「思ってないですよ」

「いや、思ってるよ」

「それは、今、小滝さんが自分でそう言ったからですよ。言わなきゃ思わなかったのに」

「ほら、結局思ってるじゃない」

「言われたから、あぁ、そうなんだと思っただけですよ。言われなきゃ思いませんでした。誘導尋問ですよ」

「何で自分にとっていやなほうに誘導すんのよ」と小滝さんが笑う。「でもそれはさぁ、言っちゃうのよ。自覚がないと思われるのはいやだから」

「誰も思いませんよ、そんなこと。そりゃ四捨五入しちゃったら四十ですけど、三十五でアラフォーは早いですよ。アラじゃないですよ、まだ」

「と、そう言ってはくれるんだけど、実は思ってるのよ。わたし自身もそうだった。今の佐野ちゃんぐらいのころはわたしも先輩にそう言ってたけど、やっぱり思ってたもん。この人若ぶってるけどアラフォーなんだよなぁって」

「思っちゃうのはしかたないですよ。でもそれを誰かに言わなければ悪口にはならないわけだし」

「わたし、言ってた」

「言ってたんですか?」

「うん。悪口ってほどじゃないけど。あの人アラフォーなのにがんばってるよねぇ、とか」

「それは、いいんじゃないですか?　ほめてるんだから」

「いやぁ。ちょっとは悪意がある、がんばってる、だったかな。あぁあぁ、がんばって若いふりしちゃって、みたいな」

「うーん」

「自分は言っといてずるいけど、佐野ちゃんはそんなこと言わないでね」

「言いませんよ」

「と言っても言っちゃうのが女なのよね」

「小滝さん、闇、深すぎ」

「三十五にもなると闇も深くなるわよ」

と、そんなことを言って笑ってられるのだから、小滝さんの闇はその程度だ。浅め。でなきゃわたしもそんなこと言わない。闇が本当に深い人に、闇、深すぎ、とは言えない。さばの骨を割り箸では取り除けず、結局は指で取り除きながら、小滝さんが言う。

「あぁ。何か損よね、まだ三十五なのにもう四十を意識させられちゃうって」

「ん？」

「逆に考えれば、あと十年はだいじょうぶってことじゃないですか」

「先に損した感じになってるだけ。四十四歳までは、四捨五入で四十歳。四十を四つも過ぎてるのにアラフォーでいられるってことですよ」

「いやいや。甘い甘い。四十になったらもう終わりよ。その時点で五十が見えちゃうわよ。下手したら六十も見えちゃうわよ」

「今四十の人がそれを聞いたら怒りますよ。四十は四十よ、五十でも六十でもないわよって」

「だろうね。そんなこと言われたら、わたしもまちがいなく怒る」と小滝さんはやはり笑う。

基本、明るい人なのだ。持ち前のその明るさで、闇も薄暗がりぐらいにしてしまう。

お弁当のおかずとはいえエビチリのエビはもうちょっと大きくてもいいよなぁ、と思いながら、わたしはその小さめのエビを食べる。

「まあ、五十六十の話はいいのよ。とにかくわたし三十五。でね、決めたの。本気でカレシをつくる」

「っていうそれ、これまでも言ってましたよね」

「これまではそこまで本気じゃなかったのよ。でも三十五になって、さすがにまずいと思った。もうあとがないって。高齢出産とか、やっぱりちょっとこわいじゃない。だからね、調べたのよ。そしたら、ウゲッとなった。高齢出産て、三十五歳からなんだって。日本産科婦人科学会とかがそう定めちゃってんのよ」

「そうなんですね。四十歳ぐらいからだと思ってました」

「過去に出産の経験がある人だと、四十歳で高齢出産なの」

「へぇ」

「わたし、もうなっちゃってた。高齢ゾーンに入っちゃってた。それはヤバいでしょ」

「ヤバくはないような」

「こんなとこでのんきにさば食べてる場合じゃないのよ」

「いや、さばは食べててもいいですよ」

「だからさ、佐野ちゃん」

「はい」

「マッチングアプリのこと教えて」

「えっ、本気ですか？」

「だから本気よ」

「そういうのはいやだって言ってたのに。そんなのよくやるね、とまでわたしに言ったのに」

「もう言うのやめたのよ。言ってられなくなったのよ。わたし、前のカレシと別れて五年。今から同じ時間が過ぎたら、ほんとに四十になっちゃう」

「あぁ」

「子ども、できれば三十代で産みたいじゃない。それを考えたら、三十八で妊娠しなきゃいけない。結婚してすぐってのも何だから一年後に妊娠するとして、三十七で結婚しておきたい。付き合ってすぐにっていうのも何だから一年後に結婚するとして、三十六で付き合っておきたい。知り合ってすぐにっていうのも何だから一年後に付き合うとして。と、そうなると、もう今でギリなのよ」

「いや、その計算！」とつい笑う。

「何かおかしい？」

「結婚から妊娠までも、付き合ってから結婚までも、一年置かなくていいじゃないですか。その前にまず、知り合ってから付き合うまで一年置かなくていいですよ」

「だって、知り合ってすぐに付き合わないでしょ」

「マッチングアプリで知り合うんだから、すぐに付き合ってもおかしくないですよ」

「そうなの？」

「お互いそのつもりで来てるわけですし」

「あぁ、そうか。それは」と小滝さんはそこで口を閉じる。ためる。

「何ですか？」

「最高！　そういうことを、もっと教えてよ」

　というわけで。

　これまで仕事のことをあれこれ教えてくれたそのお礼とばかり、わたしはノリノリでマッチングアプリのことを小滝さんに教えた。

　女性は無料であること。男性はたいてい有料だが、なかには無料のものもあること。でもその手のものは避けたほうがいいこと。自身について多少盛るのはしかたないが、うそはつくべきでないこと。いいねをもらってマッチングが成立したら、連絡はこまめにとること。ただしその段階で細かな質問をし過ぎないこと。

「じゃあ、わたしも佐野ちゃんがつかってたアプリにするわよ」と小滝さんは言う。

「それはいいですけど。うまくいかなくてもわたしのせいにはしないでくださいよ。実際、わたしも一人とは別れてますし」

「でも二人と付き合えてるんだから成功じゃない。アプリはちゃんと役立ってる。大成功よ」

「まあ、そうですね」

「よし。わたしもがんばる。佐野ちゃんに追いつく。可能なら追い越す。三十代出産を目指す」

「目指しましょう。期待してますよ」

「ありがとう。で、佐野ちゃん」

「はい」

「あぁあぁ、アラフォーががんばっちゃって、とか言わないでね」

「言いませんよ」

「と言っても言うんだよなぁ。それがわたしたち女だから」

そこでわたしの食事休憩は終わった。

小滝さんはその日のうちにマッチングアプリに登録。

夜にＬＩＮＥのメッセージを送ってきた。

〈写真は少しだけ盛ったけど、情報にうそはなし。スタート！〉

小滝さん、本当に本気らしい。


わたしは江戸川区に住んでる。区名にもなってる江戸川。その縁にあるアパートだ。

ベルジュ江戸川。二階建てで、全四室。１ＤＫが二室と、２ＬＤＫが二室。一〇一とその上の二〇一が１ＤＫで、一〇二とその上の二〇二が２ＬＤＫ。両階にそれぞれ１ＤＫと２ＬＤＫが並ぶ、という形だ。

敷地には二台分の駐車スペースがあるが、今はつかわれてない。たぶん、車を持つ住人がいないのだ。

ベルジュ。何かと思って調べてみたら、土手、だった。なるほど。

アパートのすぐ先が土手なのだ。その向こうは江戸川。いや、正しくは旧江戸川。ちょっとした陸を挟んだその向こうが江戸川だ。

利根川と分かれて茨城から流れてきた江戸川は、そこでさらに旧江戸川とに分かれる。旧江戸川ってあんまりな名前だよなぁ、と思うが、まあ、そう言ったほうがわかりやすいのだろう。その旧江戸川をさらに下っていくと、東西線の窓から見えるあの島がある。

わたしが住むのは１ＤＫのほう。二〇一号室だ。

二階だが、残念ながら川は見えない。まさに土手があるから。

最寄駅は、都営新宿線の篠崎。最寄といっても、歩いて二十分かかる。だから家賃が安いのだ。旧江戸川沿いなので、東京都の端も端。江戸川とのあいだにあるちょっとした陸は、もう千葉県。市川市。

その、ちょっとした陸、は東西線から見える島とちがって、島ではない。陸の先端部分、とでも言えばいいか。こちらの岸からだと、その先端部分が川の中州のように見える。

最寄駅は篠崎だが、わたしはいつも東西線の妙典駅をつかってる。職場が南砂町だから、そのほうが便利なのだ。

都営新宿線の大島《おおじま》か西大島から都営バス、でも行けることは行けるのだが、本数が少なかったり何だりで微妙に不便。だから東西線をつかうようになった。

つまり、こういうこと。都内に住むわたしは、旧江戸川を渡って一度千葉県に入り、そこから都内に出勤してるのだ。

毎朝自転車で妙典駅まで行く。台風や大雪でもない限りはそうする。ちょっとおしゃれなレディースの雨合羽を着たりもする。パープルのそれだ。ピンクと迷ってそちらにした。

通勤のための自転車も買った。電動アシストなし自転車。要するに普通の自転車だ。

まだ二十代、電動アシストなど不要、と強気に出てそうしたわけだが、あればありでもよかったかな、と今は微かに後悔してもいる。

駅までは八分。自転車の八分は結構長いが、がんばってる。そうやって毎日自転車に乗ってるから酢豚もエビチリも食べていい、ということにしてる。

日々の買物は、妙典駅前の大型スーパーでする。午後十時までやってくれてるからとても便利だ。アパートの近くにはスーパーがないので、その意味でも都合がいい。

いいのだが。

それとはまた別の問題もある。

仕事帰りは当然、夜になる。シフトによって時間は変わるが、どちらにしても夜。そこは変わらない。夏の早番ならまだ空は少し明るい、という程度。

河川敷のわきを通り、旧江戸川に架かる細い橋を渡ってアパートに戻るのだが。ここがかなりこわい。

何せ、近くに家がない。人がいないならいないでこわいし、いたらいたでこわい。実際、その時間にそこを一人で通る女性はほとんどいないはずだ。

わたしもいつも心の準備をしてる。悲鳴を上げる準備だ。もちろん、防犯ブザーも持ってる。雨合羽同様、ちょっとおしゃれなそれ。

いつでも鳴らせるようにしてる。ちょっとあやしい、というくらいでもためらわずに鳴らそうと初めから決めてる。何ならスタンガン的なものも買ってしまおうかと考えてる。格闘技的なものを習ってしまおうかとも考えてる。どちらも実現には至ってないが。

今の職場に通うから今のアパートを選んだ、というわけではない。今の職場に通う前提で選べるなら、初めから東西線沿線を選ぶ。

そうなってないのは、前にいた会社に合わせてアパートを選んだからだ。

わたしの実家は茨城県の土浦市にある。大学へは、片道二時間をかけて無理やりそこから通った。かなりきつかった。通学に時間をとられるので、アルバイトもほとんどできなかった。やれたのは、単発の軽作業的なものだけだ。年末年始の郵便局とか。

大学を出てまず入ったのは化学メーカー。都営新宿線の浜町にあった。だから同じ線の篠崎を選んだ。十駅下るがギリ都内、ということで。

ベルジュ江戸川。家賃が安いのは魅力だった。その家賃でＤＫが付くのもまた魅力だった。ワンルームだと大学生感が強いが、１ＤＫだと社会人感も出る。

そして三年前、その会社から今の会社に移った。転職に伴う転居も想定してた。でもいざ転職して配属されたのは、南砂町の店。前より近くなった。転居する必要がなくなってしまった。

それでも転居する、ということも検討しないではなかったが、無駄な出費になるだけ、と考え、そこから通う形でしばらくやってみることにした。二年ぐらいでよその店に異動する可能性もあったからだ。転居するならそのときにするべき。そう思った。結局、二年では異動せず、今こうして三年めを迎えているが。スタンガンは買わず、格闘技も習ってないが。

転職した理由。それは大したものではない。

会社自体がいやになったわけではない。ブラックだったとか、どうしてもそりが合わない人がいたとか、そういうことではまったくない。逆に辞められない理由でもあれば、辞めることは考えなかっただろう。

ただ、自分にばっちり合った仕事ではない、という気はした。

まあ、初めからわかってはいたのだ。文系なのに化学メーカーに入ったわけだから。当然やれることは限られる。営業だ。わたしが扱ってたのは樹脂製品。ソーセージなんかの包装材。主に食品会社をまわってた。

大学四年の就活のときは、名の通った会社から内定をもらえてよかった、と思った。だから、それでもう活動はやめてしまった。充分だ、とも思って。就活そのものから早く解放されたくもあったのだ。それで楽なほうへ流れてしまった。まさにそのとき楽なほうへ。

若かった。大学生なんてそんなものだが、考えが足りなかった。

とはいえ、営業自体が嫌いなわけではない。それがわかったのは収穫だった。学生のころに接客や販売のアルバイトをしておけば、もっと早くに気づけてたかもしれない。

次はもっとわかりやすいものを売ろう、と思った。正直自分でもあまりよくわかってなかった化学製品を売るのではなく、もっと身近なものを売ろう、と。

で、今の会社に決めた。ホームセンターの運営会社だ。そこなら身近なものを売れる。ホーム、が身近でないわけがない。

中途採用に応募し、二度の面接を経て、採用された。うれしさは新卒採用のときのほうが強かったが、安堵はこのときのほうが強かった。面接の際はほかの人たちもいた。一度めは七、八人、二度めでも三、四人はいた。採用されない可能性も当たり前にあったのだ。

前の会社に勤めてたとき、カレシはいなかった。できそうな気配もなかった。初年度に何度か合コンをしたが、そこからの広がりもなし。社内の人から誘われることもなかったし、取引先の人から誘われることもなかった。

転職を機に、動いてみよう、と思った。住居は動かなかったので、そう思えたのかもしれない。バカみたいに聞こえるかもしれないが、これは本当にそう。わたし、いちどきにあれもこれもは無理なのだ。転職して転居して恋愛も、は無理。今こっち次そっち、みたいにはやれない。パソコンで言えば、そこまでのメモリー容量はなく、ＣＰＵの質も低い、という感じ。

転職を機に動くといっても、新しい職場でカレシを探すわけではない。さすがにそんなことはしない。言ってみれば、アンテナを立てるようにしただけだ。立てましたよ、と自分で意識するようにしただけ。

そして何だかんだでマッチングアプリに行き着いた。

わたしも初めからそれを受け入れてたわけではない。何年か前までは、何日か前までの小滝さんのように、抵抗があった。それ自体がいやだというよりは、その手のものに頼るのはいやだと思ってた。頼ったところでいい相手と知り合えそうでもないしな、と。

でもそんな抵抗はいつの間にかなくなってた。

それがＩＴのすごいところだ。ＩＴ関係のものは、そうやって、まさにいつの間にか人の生活に入りこんでる。初めからいましたよ、みたいな顔で。

マッチングアプリで知り合って結婚しました。

人が人に抵抗なくそう言えるようになったとき、マッチングアプリは完全に勝利したのだと思う。

出会い系サイトのイメージから脱せたことがまず大きい。うさん臭さを消せた。そうできたことで、女性が利用しやすくなった。

出会い系サイトとマッチングアプリ。言葉の響きが何とちがうことか。

出会い系サイトで知り合って結婚しました。

それは言えない。事実だとしても、言う気にはならない。

で、マッチングアプリは、実際、便利なのだ。初めから話が合いそうな人を選んで知り合えるわけだから。ある意味、理想的。夢のツールとも言える。

たかだか十年前までは、そんなこと、現実的ではなかった。せいぜい、同じ趣味を持つ人たちがネットでつながり合える程度。それだけでも充分便利だった。

　これまた調べてみた。

　マッチングアプリは一九九五年にアメリカで初登場したという。

　それを知ったときはちょっと笑った。わたし、同い歳なのだ。マッチングアプリと同期。何か笑ってしまう。

　登場はしたものの、初めからうまくいったわけではない。その後十数年は出会い系サイトっぽい感じが続き、スマホの普及でようやくマッチングアプリとして落ちついたらしい。まさにその十年でマッチングアプリという言葉も定着したわけだ。

　マッチング。インターネットの役割は、つまるところそこに集約される。それがすべてと言ってもいい。極端な話、ネットの機能でマッチング要素を含まないものは一つもないのだ。

　マッチングアプリで知り合って結婚、という話は、最近よく聞く。

　身近にもいる。大学時代の友人横田《よこた》鮎乃《あゆの》。

　マッチングアプリで知り合った岡村《おかむら》直樹《なおき》さんという人と結婚し、岡村鮎乃になった。まさかそこまでは、と思ってたが、行き着いてしまった。結婚してしまった。マッチングアプリをインターネット最大の功績と評価する人、がこの鮎乃だ。

　鮎乃は今も歯科医療機器を扱う会社に勤め、岡村さんはシステムキッチンを扱う会社に勤めてる。結婚して二年。そろそろ子どもの話が聞こえてきてもおかしくはない。

実はわたしも、多少は鮎乃に感化された部分があるのだ。何せ、具体的な成功例を間近で見せつけられたわけだから。

ただ。マッチングアプリがとても有用であることは認めつつ。

一方で、結果はまだ出てないような気もする。

相手を条件で選んでることは確かなのだ。この条件の相手だからわたしはあなたと知り合いますよ、となってることは否定できない。

知り合って、この人は合う、だいじょうぶ、と感じたとする。それでもやはり、条件が前提にはなってる。その条件があるから相手を好意的に見られてる、ということだってあるかもしれない。

例えば、結婚したあとにその条件が変わってしまったとして。

いや、そもそもの条件とちがうじゃない、と思ってしまわないのか。

もちろん、そうなる可能性もあることを承知のうえで結婚したはずなのだが、それでも、気持ちが自然と離れたりしてしまわないのか。

そこは人間、どうなるかはわからない。実際にその状態になってみなければわからない。

小滝さんにも休憩所で話したが。わたしはこれまでに二人、アプリでカレシをつくった。

宮瀬《みやせ》成英《なるひで》と黒部《くろべ》令輔《れいすけ》。どちらも、知り合ってからカレシになるまでが早かった。

始まったら、最初の結果は案外早く出るのだ。双方がそれを目的に会う。付き合うか、付き合わないか。そのどちらかしかない。付き合うなら付き合うし、付き合わないなら離れる。

お友だちでいましょう、と社交辞令で言うことはあるかもしれないが、実際にそうなることは、たぶん、ない。逆に言うと、友だちには一番なりにくいパターンかもしれない。

何にしても、すごい。四年カレシがいなかったわたしに、二人カレシができたのだから。

一人めの成英は、わたしより一歳上。和食チェーン店の運営会社に勤めてた。付き合ったときは店長だった。その手のお店は、二十代半ばでもう店長になるのだ。その後、広域マネージャーになったり運営本部に行ったりする。

ともに接客業ということで、話が合った。飲食と物販。接客あるあるも微妙にちがうところがおもしろかった。

わたしの店に成英が買物に来たこともあるし、成英の店にわたしがご飯を食べに行ったこともある。成英はイスに敷くクッションを買い、わたしはさばの塩焼き定食を食べた。

小滝さんも食べてたさばだ。本当はチーズハンバーグ定食を食べたかったが、健康を気づかう女子、をちょっと演出した。そして成英が見てないすきに、お箸で取り除けないさばの骨を指で取り除いた。小滝さんばりに。

順調といえば順調だった。

と、そんな気がしてたのはわたしだけ。

好きな子ができた、といきなり成英に言われた。

好きな子、は成英が店長を務める店のアルバイト、安東《あんどう》凛《りん》子《こ》。成英より三歳下、わたしよりは二歳下。たぶん、わたしが食べに行ったときにさばの塩焼き定食をテーブル席に運んでくれた子だ。

そのあとに、かわいい子が店にいるんだね、と言ったら、あぁ、そうだね、と成英は言った。安東凜子ちゃん。フルで入ってくれて、よく働いてくれるんだよ。

好きな子ができたと言われたときに、わたしはこう尋ねてみた。もしかして、あの凜子ちゃん？

えっ？　と成英は驚いたが、すんなり言った。そう。あの子。一緒に働くうちに、何か、気になっちゃって。

店長がアルバイトの子に手を出していいのかと思ったが、それは言わなかった。まあ、遊びでなければいいのだろうし。

そんなわけで、わたしはフラれた。あっさりとだ。

好きな子ができたと言われたらしかたがない。好きな子がいる相手と付き合う気は、わたしにもない。そうなったらもう引くしかない。

そしてわたしはレースに復帰した。マッチングアプリに再登録したのだ。

二度めということで、早くも感慨はなくなってた。あ、わたしやった、今日常から少し離れた、とはもう思わなかった。

二人めの令輔が、今のカレシだ。わたしより一歳下。成英は上だったから今度は下を、と考えたわけでもないが、結果的にそうなった。

勤めてるのはバス会社だが、ドライバーではなく、事務の人。

令輔は明るい。別に成英が暗かったわけではないが、その倍は明るい。

初デートのときからそう感じた。そのためか、人としての印象もよかった。

令輔自身もそう思ってくれたらしい。その初デートの別れ際にもう言われた。おれ、朋香《ともか》さんのことムチャクチャ好きです。カノジョになってください。というか、さっきからもうカノジョだと思っちゃってます。ダメですか？

ダメではないよ、とわたしは言った。実際、ダメではなかったから。

二度めのデートでも、令輔の明るさは続いた。もうカレシカノジョですよね？　と言い、一応、とわたしも返した。おぉ、一応！　やった！　と令輔は笑った。わたしも笑った。

だから令輔はカレシ。三日前にそうなったばかりの、できたてカレシだ。

今回は慎重にいこうと決めてる。小滝さんとあんなふうに話したこともあり、結婚さえ意識するようになってる。令輔は成英より合う。いい相手だと感じてる。

で、今日が三度めのデート。

マクセルアクアパーク品川、東京ドームシティアトラクションズ、に続いての、東京スカイツリー。水族館、遊園地、ときての電波塔。わたしが東京タワーにしか行ったことがないと言ったのでそうなった。じゃあ、スカイツリーに行こう、と令輔が言ったのだ。

天望デッキにも、その上の天望回廊にも上った。天望デッキの時点ですでに東京タワーより高かった。東京タワーの展望台より高い、のではなく、タワーそのものより高いのだ。

その東京タワーも見えた。そこは狭い東京。意外と近くに見えた。

天望回廊は、まさに回廊。風景を見ながら螺旋状のスロープを歩いてるだけで少しずつ上っていくことができた。そしておよそ四百五十メートルだという最高点にたどり着くのだ。

「すごいね」とわたしが言い、

「すごい」と令輔も言う。

「ここまで頑丈につくられてると、落ちそうな気がしないね」

「そこがすごいの？」

「うん。これなら高所恐怖症の人もこわくないんじゃない？　ちゃんと守られてる感じがして」

「まあ、それはそうかも。でもさ、もっと高さに感動しようよ」

正直なところ、ある程度の高さまで来たらもう見え方は同じだな、と思った。これが地上二キロとかならまたちがうのかもしれないが。

エレベーターで出口フロアに下りると、わたしたちはツリーの根元にある東京ソラマチをぶらぶらした。

それから東京メトロ半蔵門線で隣の錦糸町に移り、お酒を飲んだ。そっちのほうが店が多いと令輔が言うのでそうした。

入ったのはごく普通の居酒屋だったが、料理はどれもおいしかった。なかでも、手づくりとろ～りチーズつくね、はかなり気に入った。

で、飲み終えて店を出ると、令輔は言った。

「住吉まで送っていくよ」

住吉は、やはり錦糸町の隣駅。そこからなら都営新宿線にも乗れるのだ。つまり、わたしは一本で帰れる。そうか、それを見越して錦糸町に移ったのか、とちょっと感心した。

が、大通りを歩きだして五分ほどで令輔は立ち止まる。交差点の角で。信号は青なのに。そして言う。

「あのさ」

「ん？」とわたしも立ち止まる。

「泊まんない？」

「え？」

「この辺、ホテルが結構あるから」

ホテル。ラブホテルのことだろう。錦糸町は多いと聞いたことがある。

「いや、でも」とわたしは言う。「電車、まだあるし」

「そうなんだけどさ」

令輔がわたしを見る。

わたしも令輔を見る。あぁ、と思う。そういうことだったか、と。それでの錦糸町か、と。感心など、する必要はなかったのだ。

何と言おうか迷い、こんなことを言ってしまう。

「三度めのデートでって、ちょっと早くない？」

「じゃあ、何度めならいい？」

「いや、回数の問題ではなくて」

「回数の問題でないなら、一度めでもいいってことだよね」

そう言って、令輔は笑う。

長所だと感じてた明るさが、そこで初めて、ちょっといやなものになる。

一度めでもいい場合。それも確かにあるだろう。わたし自身、別にそんなことを回数で決めるつもりはないのだ。ラブホがいや、というわけでもない。ただ、早い、と感じた。あなたとはまだ早い、と。

「おれは朋香さんが好きだから、一度めのときでもいいと思ったんだけど。でもそれも何なんで、今にしたんだけど」

何なんで、というのは、何なのだ。わたしに気をつかって、ということ？

こうなったらもう、進むか止まるかしかない。

進むことも、一応、考えてはみる。でもそちらを選ぶのは無理。わたしはこちらを選ぶ。

「今日は帰る」

「あぁ。そう」

「ここまででいいよ。まっすぐだから一人で行ける。駅まではあと何分かだろうし」

「じゃあ、うん」

「ごちそうさま」

といっても、スカイツリーのチケット代も含め、ほぼ割り勘だ。

「ほんとに帰る？」と訊かれ、

「帰る」と答える。

何度か変わった信号がそこでまた青になる。

わたしは令輔に軽く頭を下げ、横断歩道を渡る。

住吉駅まではまっすぐだが、道路をくぐるために一度トンネルを通らなければならない。

早足でこわごわとそこを抜け、再び地上に出たところでスマホの着信音が鳴る。

まさか令輔？　と思ったら、母。

午後十時すぎだが、母はいつもその時間に電話をかけてくるのだ。晩ご飯を食べて片づけも終えたわたしがゆっくりする時間だと知ってるから。

にしてもこのタイミング？　と思いながら、出る。

「もしもし」

「もしもし。朋香？」

「うん」

「あら。外？」

「そう」

「何、仕事帰り？」

「まあ、そんなもの」

「ってことは、自転車？」

「ではないけど」

「外なら、かけ直すわよ」

「かけ直すほどの用があるの？」

「そうじゃないけど」

わかってる。声が聞きたいから、みたいな電話だ。月に一度はかけてくる電話。

「どう？」と母は言う。

「どうって、何が？」

「元気？」

「元気だよ。一ヵ月前にもかけてるじゃない」

「一ヵ月経てば元気じゃなくなることもあるわよ」

母、微妙に鋭い。

でもわたしは言う。

「だいじょうぶ。元気」

「いい人はできた？」

「だから、一ヵ月じゃできないでしょ」

「あんたもじき三十。ちゃんと考えてよ。お父さんも心配してるし」

「まだ心配される歳じゃないよ」

「いや、そこからが早いのよ。まだまだと言ってるうちに気がついたらもう四十。そんなことがないようにしなさいよ。もし出会いがないなら、結婚相談所みたいなとこに登録してみたらどう？」

「そういうのはいいよ」

　マッチングアプリを利用してることは母に言ってない。親に言うことでもないから。

　母世代にマッチングアプリはまだ抵抗があるかもしれない。だから成英のことも令輔のことも言ってない。言わなくてよかった。

「もしかして」

「何？」

「結婚するつもりがないわけじゃないわよね？」

「ないわけじゃないよ。どうしてもしたいわけではないけど、したくないわけでもない」そしてわたしは言う。「じゃあ、そういうことね？　特に用はないのね？　もう駅だから、切るよ」

「うん。ちゃんと食べてね」

「食べてるよ。チーズつくね」

「え？」

「何でもない。じゃ、おやすみ」

「おやすみ。じゃあね」

通話を終える。

まさかのタイミングではあったが、わたし自身、母の声を聞けば聞いたでほっとする。何というか、ちゃんと引き戻される。佐野朋香の佐野の部分に。

もう今日のうちにやってしまおう、と思う。

わたしは令輔にＬＩＮＥのメッセージを送る。

〈ごめんなさい。やっぱり無理みたいです〉

この流れならＬＩＮＥでいいだろう。お互いにそのほうがいいだろう。でも令輔が憤慨し、いやな言葉をぶつけてきたりすることもあるかもしれない。

メッセージはすぐに返ってくる。

〈了解〉

以上。

わたしは大いに安堵する。そのあっさり対応で、令輔に対する評価を上げさえする。

三度のデートで令輔とも別れた。ラブホ行きをわたしが断る、という形で。第一印象はよかったのに、終わってみれば成英とのときよりずっと早かった。

そんなふうにして、わたしは二人と付き合い、別れた。

どちらも、浮気とかそういうのが原因ではない。成英のほうは微妙だが、浮気ではないとわたしは考えてる。好きな人ができたと言いはしたわけだから。

凜子に声をかけて付き合う了承を得てからわたしにそう言ったのではないだろう。その感じではなかった。まあ、わからないが。そう確信できるほど、わたしは成英を知らない。

それは令輔も同じ。付き合って別れた今もなお、わたしは令輔を知らない。

宮瀬成英と黒部令輔。マッチングアプリで付き合うという意味では、二度成功。続かなかったという意味では、二度失敗。

でも何か、二人と別れたことで、一つ落ちついた感じがある。

マッチングアプリというものを知ることができた。それが役に立つものであることはわかった。利用するという選択肢もあるし、利用しないという選択肢もある。要するに選択肢は増えたのだからそれでいい。


あそこ、どう見ても島だよね、とまた思う。

目印となるラブホテルの屋上看板。いつもは何も感じないのに、今日はちょっと苦々しい。

東西線が旧江戸川を渡る。島はあっという間に見えなくなる。

わたしはなおもそちらへ目を向ける。遠ざかる右方の景色を見つづける。そして突拍子もないことを思いつく。

これはもう、自分でも何だかよくわからない。こうだ。

東西線から見えるあの島を訪ねてみる。ラブホがあるあの島に上陸してみる。

無理に説明するなら。

たぶん、日常からもう少し離れてみることにしたのだ。自分にできる範囲で。電車に乗った結果そうなる、という形ではなく、自分の足で動く、という形で。

思いつきは思いつきだが、内容自体には惹かれる。よくわからないなりに何らかの一歩を踏み出せるのではないか。そんな期待感も生まれる。わたし、バカかもしれない。

さっそく、ちょっと調べてみる。左手では吊革をつかみつつ、右手で。スマホで。

旧江戸川の中州。妙見島《みょうけんじま》。東西の幅は約二百メートルで、南北の幅は約七百メートル。かつては、流れる島、だったらしい。川の流れで北端が削られ、南端にその土砂が堆積。下流へと少しずつ移動してたそうだ。

その事実だけで、もうやられる。自分の頭のてっぺんを削り、削ったその部分を足の裏に足す。そんなふうにして、少しずつ海に近づいていったわけだ。かわいい、としか言いようがない。

でもかわいさはそこでストップ。護岸工事がおこなわれたことで、妙見島も、今はもう流れてないらしい。がっちりと固定されたのだ。もとは千葉県だったが、明治時代に東京都に編入されたという。会社の社員寮があるので人が住んではいるが、普通のアパートや一戸建てはない。

決定。行く。

わたしは店舗勤務なので、仕事の休みはほぼ平日。天気予報を見たうえで、火曜日に行くことにした。

まずは、いつも出勤するときのように自転車で妙典駅へ。

そこから東西線に乗り、いつもよりは手前の浦安で降りる。浦安だから、まだ千葉県だ。

十分弱歩き、浦安橋を渡る。が、渡りきらない。妙見島に行くには、車も人もその浦安橋から下りるしかないのだ。ただ橋を歩いてるだけでは上陸できない。そこがまた島っぽくていい。妙見島に行くつもりがなければおそらく意識もせずに素通りしてしまうであろうわきのスロープを下りて、上陸。それはもうあっさりと、上陸。

何てことはない。そこだけいきなりジャングルのようになってるわけではない。特別なものがあるわけでもない。隔てられた感じはあるから、ちょっとさびしいと思うだけ。

そんななので、日常といえば日常。まあ、それはそうだ。人はそう簡単に日常から離れられない。

島を歩いてみる。当然、道はすべて舗装されてる。

橋の南、東西線から見える側には、ラブホと会社と船宿があるだけ。

船宿があることにはちょっと驚いたが、確かに、東西線から見たときも船が接岸されてたような気がする。

そして橋の北、島の広い側へ。

あるのはいくつかの会社のみ。店などはない。

わたしのような一般人が、というか、この辺りの会社に勤めてるのでない人が歩いてよさそうな道路は限られてるので、島の東端のそこを行く。車道の右側、やや高い位置にある歩道だ。

わたし以外、歩行者はいない。でもトラックは何台も走っていく。これで車道に歩行者がいたらあぶなくてしかたがない。だから車道側に金網の柵まで張られたこの歩道が設けられたのだろう。

何分か歩くと、突き当たりにいきなり、ＹＡＭＡＨＡ、という赤文字が見える。楽器のヤマハでなく、発動機、があとに付くほうのヤマハ。

そこはニューポート江戸川というマリーナなのだ。ボート免許もとれるらしい。

唐突感はあるが、船宿と同じことだろう。川に挟まれた島。船なら東京湾にも、たぶん、すぐ出られる。よく考えたら、いい場所なのかもしれない。

これもスマホで調べてみたら、建物のなかにはレストランもあるらしい。洋食を出す、ちゃんとしたレストランだ。内装も、マリーナらしく、おしゃれ。

お、それなら、と思ったら。定休日がまさかの火曜。痛恨のミス。事前に調べておくのだった。

時刻は午後一時前。レストランに入れなかったことでかえって空腹を覚えつつ、先へと進む。

正面に立入禁止の立て看板が置かれてるので、右折。しばらく歩くと、左手に神社が現れる。

赤い鳥居でそれとわかる。家々が密集した住宅地などでたまに見かけるような、祠だけの神社だ。妙見神社だという。

鳥居をくぐって祠の前に立ち、手を合わせる。この出合い方だと、大した信仰心は持ち合わせてなくても手は合わせてしまう。狭い山道で人とすれちがったら自然とあいさつをしてしまうようなものだ。

その先はやはり会社の敷地。もう行けないようなので、戻る。

右手は社員寮らしき建物。金網の向こう、木々が植えられてる辺りに猫がいる。黒白のそれだ。

じっとこちらを見てる。

どうも、篠崎から来ました、と言いたくなる。実際、言う。

猫は無視。まあ、そうでしょうよ。

わたしとちがって、よそから来たわけではないだろう。この島に住んでるのだ。この島で生まれた、ということでもあるのかもしれない。だとすれば、ここが島だという意識はあるのかな。

そんなことを考えながら、ゆっくりと歩く。

妙見島。何もないといえば何もない。わたしとの縁もない。なのにわたしがここにいる不思議。

橋を再度くぐり、最後にラブホテルの前に立つ。

町なかの島という、また別の価値。このラブホになら来てもいいかな、と思う。終電が出たから、とかのわざとらしい理由でなく、こんな昼間にここだからとわざわざ来てもいい。誰にも見られなそうだし。というか、人、いないし。

一人でラブホの前に立ち、その建物を見てる女。あやしい。浮気相手とそこに入ったカレシを尾行してきたストーカーカノジョ。そんなふうに見えるかもしれない。

ラブホのすぐわきにある階段を上り、浦安橋へ。

またもあっさりと島を出る。

来たときとは反対の車線側。旧江戸川上から南を見る。

東西線の高架が見える。いつもとは反対の位置から見てるわけだ。

東西線の窓からこちらを見てる自分を想像する。覇気がないわけでもないがこれといった表情もないわたし。

日常といえば日常、だと思ってたが。こうして島から出てみれば、やはり非日常だったような気もする。日常に戻った、と感じてることがその証拠だ。

お腹がぐうと鳴る。

浦安駅のほうに戻って何か食べよう、と思う。

自分でもよくわからないなりの一歩。

踏み出せたような、踏み出せてないような。


意外。

と言っては失礼だが。

小滝さんにカレシができた。

いいねをくれた二人のうちの一人。

三度会って付き合うことになったという。

その三度めでラブホに誘われたりはしなかったわけだ。たぶん。

小滝さんはそれをＬＩＮＥのメッセージでわたしに報告してくれた。

〈佐野ちゃんのおかげです。ありがとう。マッチング師匠〉

マッチング師匠はいやだな、と思ったが、すぐにおめでとうございますのメッセージを送り、詳細を聞いた。

それによると、お相手は谷崎敏彦《たにざきとしひこ》さん。小滝さんの四歳上。三十九歳。リユースショップの運営会社に勤めてるという。成英と同じで、店長。といっても、もう少し上の、複数店舗を見る統括店長、だそうだ。

その谷崎さんも、三十代のうちに結婚できたらなぁ、と思ってたらしい。それで初めてマッチングアプリに登録したのだ。

四十歳まであと十ヵ月ぐらい。一年はない。

まあ、そこまで厳密に三十代でと思ってるわけでもないけどね、と小滝さんは言ってた。でも小滝さん自身、その、あと十ヵ月ぐらい、を結構意識してる。

そういうのもありなのかもな、と思う。あせる必要はないが、その手の縛りはあっていいのだ。自分の気持ちを上げる意味でも。

小滝さん、すごい。もしかしたら、三十代出産、を実現してしまうかもしれない。それも、結構な前倒しで。

わたし自身はどうかといえば、どうということもない。変化はない。マッチングアプリに三たび登録、なんてこともしてない。

ただ、妙見島に行ってから、近場をちょっと歩くようにはなった。あそこを知ってるのに近場を知らないのは変だよな、と思ったのだ。あれで歩くことの楽しさを知った感じもある。歩く感覚を思いだした、と言ってもいい。

いや、そこまで言ってしまうと、大げさ。

別に一時間も二時間も歩くわけではない。仕事が休みの日にせいぜい三十分。下手をすれば二十分。本当に、アパートの周りをウロウロする程度だ。

ウロウロ程度でも、川辺には出られる。何せ、ベルジュ江戸川。アパートから旧江戸川まで百メートルもないから。

河川敷なら、同じ道を往復しても苦にならないことがわかった。だから今後は少しずつ距離を延ばし、上流、北のほうへ行ってみようかと思ってる。

その気になれば、ＪＲ総武線の小岩どころか、京成金町線の柴又辺りまで行けるのだ。そこまでは片道一時間半以上かかるらしいから、その気にはならないだろうが。でも近々篠崎公園までは行ってみたい。
で、今日は手前も手前の篠崎ポニーランド辺りをウロウロする。

篠崎ポニーランドは区の施設。無料でポニー乗馬や馬車への乗車ができるレジャー施設だ。ポニー乗馬は小学生までだが、馬車は誰でも乗れる。といっても、実際に乗ったことはない。二十八歳の女が一人で乗るのはさすがにきついから。

ポニー乗場のわきを通り、思いつきで岸に寄ってみる。

ギリのところまで寄れるのだ。水面はすぐそこ。水が近い。

数メートル先に人がいる。男性だ。わたしと同年輩。川を見てる。というか、旧江戸川と江戸川のあいだにある中州のようなちょっとした陸を見てるのかもしれない。

結構見る。じっと見てる。わたしが左にいることには気づかない。

だからわたしも横顔を見てられる。

この人は今何を考えてるのかな、と思う。

次いで、あれっと思う。もしかして、同じアパートの人じゃない？　ベルジュ江戸川の一〇一号室。わたしの真下に住む人じゃない？

確信はできないが、そう見える。

そもそも、漠然としたイメージがあるだけで、はっきりと顔を知ってるわけではないのだ。アパートの敷地や階段のところで出くわしたときにあいさつをする程度だから。

こんにちはやこんばんはを言い合うだけ。お互い、そんなときに顔をしっかりとは見ない。わたしは見てないし、たぶん、あちらも見てない。

だからやはり確信はできないが、やはりそうだろうという気もする。

もちろん、そうだとしても、それでどうこうはない。声をかけたりはしない。が、わざわざ離れたりもしない。あちらはこちらが同じアパートの住人だとは気づかないだろうし。

わたしも同じく、ちょっとした陸、を見る。

川を挟むから、そこまでは百メートル以上ある。

木々が生えてるのが見える。緑がはっきりしてる。建物はない。島っぽくはあるが、妙見島とはまったくちがう感じだ。

まあ、ちがうことはわかってる。わたしは毎日自転車で走ってるから。でも走るのはもっと向こう。ここから見えるあの先端部に行ったことはない。

再び男性を見る。

男性はなおも、ちょっとした陸、を見てる。

ああいう場所が好きなのかな。廃墟とか、廃村とか。もしそうなら、わたしと同じで、ちょっと変な人かもしれない。この人も、マッチングアプリをやってたりして。島や廃墟が好きです、なんて自己紹介文に書いてたりして。

そんなことを考え、密かに笑う。

この人のことは何も知らない。ただずっとわたしの下にいただけ。でも何故か安心感がある。何も知らないとはいえ、ご近所トラブルを起こすような人ではないと知ってはいるからかもしれない。

思う。

この人は、マッチングアプリでどんな検索条件を設定すれば出てくる人なのかな。

次いでこうも思う。

条件とか、もういいかな。

ＪＲ四ツ谷駅　ベルジュ江戸川一〇二号室　片山達児《かたやまたつじ》

「明日は休み？」と静衣《しずい》に訊かれ、

「ああ」と答える。

会話はその一往復で終わる。いつもそうなのだ。片方が訊き、もう片方が答える。知りたいことを知れればそれでいい、という具合。

おれは一人で和室に行き、部屋着のスウェット上下に着替える。それでやっと一週間の仕事を終えた気になる。

明日は土曜。基本的に休みだが、日によっては出ていくこともある。おれはスーパーなどの小売店を担当する営業だから。

土日は先方も忙しいのでそんなにはないが、たまにあるのだ。土日におこなわれるウチの商品メインの催しの手伝いを頼まれたり、むしろ人手が多い土日に打ち合わせをしたいと言われたり。

和室から居間に出ると、珍しく静衣が先を続ける。会話が二往復めに入る。

「わたしは明日学校だから」

「ん？」

「瑞衣《みずい》の」

「あぁ。何かで呼ばれたとか？」

「そうじゃないわよ」

「保護者会、みたいなやつ？」

「土曜公開授業」

「それは、えーと、何だ、授業参観みたいなものか？」

「まあ、そうね」

「パートは？」

「休みをもらった。二年生でも一度行っておこうと思って」

二年生でも一度。去年、瑞衣が一年生のときも行ったということだろう。

その話を聞いたかは覚えてない。聞いてないのか、聞いたが忘れたのか。どちらもあり得る。必要ないと考えて静衣が言わなかった可能性もあるし、おれが聞き流した可能性もある。

せっかくここまで話したので、もう少し話してみようかと思う。

ここまで話したこと自体、本当に久しぶりなのだ。話さないのが当たり前。いいほうではなく悪いほうの意味で話さずにいられる。それがおれと静衣だ。

結婚して十六年。いつの間にかそうなってしまった。無理に言うなら、瑞衣が小学校に上がったころから、なのか。いや、高学年になったころから、か。

静衣に訊く。

「親は、結構来る？」

「中学だと、小学校ほどではないわね。来ないでって子どもに言われる人もいるだろうし」

「静衣は言われてないのか？」

「言われてたら行かないわよ」

「瑞衣は、言わないんだな」

「小学校のときみたいに、来てとも言わないけどね」

「言わないのか」

「中学生が、来てとは言わないでしょ。小学校でも、高学年になるとやっぱり減ったかな。そのころから、来ないでって言う子が増えるんでしょうね」

「あぁ」

おれもガキのころはそちら側。まちがいなく、来ないでと言う側だった。小学校高学年では、来なくていいよ、中学では、来んなよ、と言ってたかもしれない。

「来ないでと言われても行く親御さんだって、もちろん、いるけどね。それは、まあ、親の権利だし。見たいことは見たいわけだし」

「父親も、行っていいんだよな？」

「ダメってことないでしょ」

「いや、ほら、父親は父親参観の日に、なんてことじゃないんだよな？」

「ないわよ。今そんなふうに分けたら問題になっちゃう。父兄参観て言葉だって、もうとっくにつかわれてないし」

「父兄、はまずいだろうな」

まずい。人には男性しかいないんですか？　と言われてしまう。母は兄よりも下ですか？　とさえ言われてしまうかもしれない。

「でも土曜なら父親も結構来るかな。休みの人も多いだろうし。ゆとり教育時代は土曜にやったら子どもたちに代休をとらせなきゃいけなかったかもしれないけど、今は普通に土曜授業もあるから、やる側も楽なんじゃない？」

そう言うと、静衣はキッチンに行き、おれの晩ご飯を温めにかかる。

おれは考える。ゆとり教育について、ではなく、公開授業について。

学校のことを考えるのも久しぶりだ。考えてたのは、やはり瑞衣が小学校低学年のころまで、だったような気がする。

瑞衣はフロに入ってるらしい。シャワーの音が微かに聞こえてくる。中学に上がり、長ブロになった。最近は一時間近く入ってることもある。スマホを持ちこんだりもする。

今のうちにと、キッチンに行き、静衣に言う。

「おれ、行くわ」

「ん？」

「明日。学校」

「ほんとに？」

「ああ」

「何で？」

「何でってことないだろ。いいんだよな？　行っても」

「いいけど」

「じゃあ、行くよ」

「ほんとに行く？」

「行く」

「明日になったらやっぱりやめたとか、そういうのはなしにしてよ」

「そんなことしないよ」

「じゃあ、行って」

「うん」

「よかった。これで明日パートに出られる」

「え？」

「入ってもらえないかって店長に何度も言われてたけど、断ってたの。それがあるから。でもこれで出られる」

よかった、と静衣に言われたとき、一瞬、一緒に行けてよかった、という意味だと思った。おれ自身、静衣と一緒に行くつもりでいた。当然そうなるだろうと思ってた。ちがったらしい。

残念という気持ちと安堵の気持ちが入り混じる。初めは残念が大きいが、すぐに安堵が上まわる。おれと静衣が一緒に行くのは現実的ではないと、少し冷静になる。

で、おれは静衣に現実的なことを訊く。

「保護者なら参加は自由なんだよな？　事前に言っとかなきゃダメってことじゃないよな？　急遽行けることになったから行く、でもいいんだよな？」

「うん。受付でクラスと名前ぐらいは言うけどね」

「じゃあ、その感じにするわ」

「どういう意味？」

「瑞衣には言わないで行く」

「何でよ」

「いや、だって、来るなと言われたらきついだろ」

「言わないで行って見つかったらもっときついと思うけど」

「見つかるかな」

「そりゃ見つかるでしょ。隠れる場所はないし、隠れる意味もない。あやしいじゃない。教室の隅でコソコソしてたら。不審者かと思われるわよ」

「コソコソはしないよ。でも当日思いついて来たってことにする。それがベストだろ」

「何それ」静衣は呆れたように言う。「まあ、好きにすればいいけど」

想像する。

教室の後ろにいるおれを瑞衣が見つける。サプライズ！　と思う。

なんてことはないか。

おれはそんなことをするタイプではない。サプライズなんて、瑞衣どころか、静衣にもしたことがない。結婚してからはもちろんのこと、する前も。おれがそんなことをしたら、静衣も気味悪がってたはずだ。

「じゃあ、とにかく行くのね？　行ってくれるのね？」と静衣が念を押す。

「ああ。行くよ」

「どういう風の吹きまわし？」

「まあ、思いつきだけど」とつい正直に言ってしまってから、足す。「たまにはいいだろ」言い直す。「たまには見たいよ」

「たまには」

「別に、たまにでいいって意味ではなくて」

「たまにでいいのよ」

「ん？」

「たまには行くことが重要。たまにで充分だけど、重要」

JR四ツ谷駅
ベルジュ江戸川
一〇二号室
片山達児

「あぁ」歩み寄ったつもりで、おれはこんなことも言う。「面接とかそういうのはまかせるから」

「面接とかそういうのって、何？　面倒なものはまかせるってこと？」

「いや、そういう意味じゃないよ」

失敗。言葉の選択をまちがえた。会社の営業でもやっちゃいけないやつだ。言葉は大事。言いまわしをまちがえると、取引先に不快な思いをさせてしまう。

で、結局、中学には一人で行くことになった。

静衣は、頼んだとおり、おれが行くことを瑞衣には言わなかった。それは言わずに朝ご飯を食べさせて、学校に送り出したらしい。

ただし、お母さんは行けなくなった、とは言った。行くと言ってたのに行かないのは変だから。それでは瑞衣が不安になる。何かあったのかと思ってしまう。

パート先の店長からどうしても出てくれと言われちゃって。

瑞衣にはそう説明したらしい。うそではないから、罪悪感はなかったそうだ。

対する瑞衣の反応はこうだったという。あ、そう。

それらのことは、瑞衣が出かけてから静衣に聞いた。

二人が朝ご飯を食べてるあいだも寝てたわけではない。前日の金曜に残業だの飲みだのが入るとそうなることもあるが、この日はそれではない。学校に行く前に瑞衣と顔を合わせるのを避けるべく、おれは散歩に出たのだ。ちょっと川の辺りを歩いてくる、と静衣に言って。普段はそんなことしないのに。

スーツを着たりする必要はない。カジュアルでいい。部屋着のスウェット上下ではダメだが、ポロシャツにチノパンで充分。

と静衣が言うので、服はまさにそれにした。紺のポロシャツに茶のチノパン。

静衣に言われるまでもなく、鼻毛と口臭には注意した。普段会社に行くときも注意はしてるが、普段以上に、した。

鼻毛と口臭。それは、人に一番指摘されたくないものの両巨頭だ。一番なのに二つ。横並びでのツートップ。

鼻毛が出てるよ。口が臭いよ。この二つは本当に言われたくない。顔が悪いね。性格が悪いね。と言われるよりいやだ。言われると、辱められた感じがする。だから人にも言わない。もし瑞衣に言われたら、ショックで寝こむかもしれない。

中学までは、歩いて五、六分。まあ、近い。

瑞衣にとってはよかったと思ってる。高校からは電車通学やバス通学になるだろうから、中学までは近場に通わせてやりたい。防犯の意味でも。

学校に着く。

校門のすぐ外でスマホをかまえ、写真を撮ってる男がいる。たぶん、生徒の親。教室は撮れないからせめて校舎や校門は撮っておく、ということなのだと思う。

おれはほとんど写真を撮らない。写真自体があまり好きではないのだ。だから自分の写真もない。自撮りなど絶対にしない。

JR四ツ谷駅
ベルジュ江戸川
一〇二号室
片山達児

スマホに入ってるのは、どれも記録写真の類だ。例えば、営業先への行き方の目印となる建物の写真とか、駅の時刻表の写真とか。そうした記録写真に、静衣や瑞衣のものが少し交ざる。静衣はともかく、瑞衣の写真もそんなには撮らない。それこそ学校の運動会で必死に撮りまくるようなことはない。

写真の撮影や管理などは、すべて静衣にまかせてる。静衣は、まあ、普通には撮るタイプだから、それで充分なのだ。

いや。考えたら、静衣も、女にしては撮らないほうかもしれない。実際、飲食店なんかで出てきた料理をいちいち撮ったりはしない。

結婚前のデートの際も、あちこちでおれとの写真を撮るようなことはなかった。むしろそういうとこがよくて結婚したのだ、おれは。

校門から敷地に入る。校舎の玄関で受付をすませ、入校証を首にかける。持ってきたスリッパを履き、なかに入る。案内図で示された二年三組の教室へ向かう。

自分のいた中学がそうだったから、クラスはアルファベットのＡ組Ｂ組なのだと思ってた。静衣に聞いて初めて、数字の一組二組なのだと知った。そうなのか、と言いそうになったが、言わなかった。瑞衣が二年生の今言うことでもないなと思って。

開いたままになってる後ろのドアから二年三組の教室に入る。

後ろに保護者たちが立ってる。

確かに服装はラフだ。スウェット上下ではないが、上はパーカーの人もいる。下はジーンズの人もいる。

　バギーパンツというのか、ダボッとしたのを穿いてる人もいる。たぶん、今四十二歳のおれよりいくつも下。まだ三十代前半ぐらいに見える男だ。

　数えたら、全部で十二人。思ったより少ない。男は五人。うち二人は奥さんらしき人と一緒だ。自分もそうなるだろうと初めにおれが想定した形。

　静衣が言ってたとおり、瑞衣はすぐにおれに気づいた。

　驚いたのかは、よくわからなかった。一度見てから、間を置いて再度見た。顔には出さなかっただけで、驚いてはいたのかもしれない。

　すぐにチャイムが鳴り、授業が始まった。

　科目は社会。先生は、鳥海《とりうみ》育馬《いくま》というこのクラスの担任。二十代後半ぐらい。まちがいなく運動部を持たされてそうな感じの若手だ。

　社会のなかでも、やるのは日本史。室町時代のあたり。二年生の今でそれということは、一年生のときも少しはやってたということかもしれない。

　実はおれも大学時代に一瞬、教師、を考えたことがある。教職課程を履修するか迷ったときに考えたのだ。

　おれは社会学科にいたので、中学なら社会、高校なら公民の教員免許がとれた。

　別に教師になりたかったわけではない。資格としてとれるならとっておこうか、という程度。結局はとらなかった。教職課程を履修すると授業のコマ数が増えてかなり大変になることがわかったのだ。

もしも教師になってたらどうだったのか。

まあ、ダメだったろうな。

生徒に嫌われる教師になってた。保護者に嫌われる教師になってた。教師に嫌われる教師になってた。そのすべてになってた。もしくは、辞めてた。

どの類のダメかはわからないが、どれかではあっただろう。民間企業に勤めてる今のほうがまだまし、であることを願いたい。

授業中、瑞衣はおれを見ない。もう、チラッとも見ない。

あっちを見たりこっちを見たりもしない。一応、ちゃんと授業を聞いてるようだ。その点では、ちょっと安心する。

そういえば、今はダンスの授業なんかもあると聞く。おれが中学生だったときにはなかったものだ。

国語や数学や美術や音楽みたいに、ダンス、という科目があるのか。そうでなければ、体育科目のなかの一つなのか。それこそ、社会のなかの日本史みたいに。もし見られるならその授業も見てみたい。瑞衣はいやかもしれないが。

そんなものがあると初めて聞いたときは、学校で教えることかよ、と思った。今はちがう。いいかもな、と思ってる。積極的に評価してる。

というのも。おれより上の世代は、そのあたりがまったくダメなのだ。人前で踊ることなど絶対にできない。

リズムに乗れない、というのもあるが、何よりもまず、恥ずかしいと感じてしまう。できるとしても、フォークダンスや盆踊り。はい、みんなでやりましょう、というものだけ。集団だからできる。個人で踊るなど無理。人前で踊るなど到底無理。そうなってしまう。

で、大事なのはここ。結局、そうした意識はほかのあれこれにもつながるのだ。

ダンスに限らない。子どものころからそうだと、大人になるとなお、人前で動けなくなってしまう。そうすることに抵抗を感じるようになってしまう。

子どものころからダンスに親しんでおけば、そこまでにはならないような気がする。

別にうまく踊れなくてもいいのだ。それがメインではない。人前で踊ることに抵抗を感じなくなるだけで充分。学校でそれをやっておくことは大事。必要、かもしれない。

と、おれがそんなことをつらつら考えてるあいだも、授業は進む。

気づけば、鳥海先生が少し脱線し、武将の話をしてる。戦国武将だ。上杉謙信の名が出たあたりからそうなったらしい。

脱線は脱線だが、初めからある程度そうするつもりではいたのかもしれない。保護者たちを退屈させないためにも。

実際、鳥海先生は明らかに、教室の後ろにいるおれらに向けて話す。生徒たちに対しては自身を先生と言ってたが、今はおれらに対してなので、わたしと言う。

「わたしは歴史がダイナミックに動く南北朝時代から戦国時代のあたりが好きなんですよね。いえ、もちろん、戦《いくさ》が好きというわけではありませんが。ただ、やはりそこから日本史に興味を持ちましたし。保護者の皆様のなかにも歴史が好きなかたはいらっしゃると思います。そこで、これは、まあ、ほとんど個人の趣味として聞いてみたいのですが。例えば、特に好きな武将がいる、というかたはいらっしゃいますか？」

明らかな質問。だがいきなりなので、誰も答えない。保護者同士、チラチラと顔を見合わせるだけ。

「武将に限らず、好きな歴史上の人物、でもかまいませんが。どうでしょう？」

やはり誰も答えない。ほかの保護者の出方を窺うだけ。

まさにこういうところなのだ。先のダンスともきれいにつながる。集団でしか踊れない。個人では動けない。

さすがに気詰まりなので、おれは手を挙げる。重い空気に耐えられなくなって反射的に挙げてしまった感じだ。

「どうぞ」と鳥海先生。

まず浮かんだ名前を、おれは言う。

「蜂《はち》須《す》賀《か》小六《ころく》ですね」

「おぉ。それは、渋い」と鳥海先生が笑う。

生徒たちの何人かもつられるようにして笑う。たぶん、小六を知ってるからではない。鳥海先生の、渋い、という言葉に笑ったのだ。

何であれ、よかった。実際、冗談のようなもの。蜂須賀小六は、歴史を動かした、というほどの武将ではない。天下を取ったりはしてないし、取ろうともしてない。取った男を支えただけだ。だからこそ魅力的なのだが。

「蜂須賀正勝ですか。通称、小六」と、鳥海先生が生徒たちにも保護者たちにも伝えるように言う。

「はい」とおれ。「戦国時代から安土桃山時代にもかかっちゃいますが」

「小六には、あとでつくられてしまった話も多いんですよね。例えば、盗賊の親分だった、というようなこととか」

「そうですね。まあ、だから有名になったのかもしれないけど」

「でもれっきとした武将ですからね。豊臣秀吉の腹心として大いに頼れる人物、との印象もありますし」

豊臣秀吉。天下を取った男、だ。それを小六が支えた。

「大河ドラマでやってくれないですかね」とおれは言う。

「その秀吉絡みでもう何度も出てきてるとは思いますけど。でも、主役になるのはさすがに難しいかもしれません」

「確かに」

「まさか小六の名前が出てくるとは思いませんでした。意外でした。貴重なお話、ありがとうございます」

そう言って、鳥海先生は授業に戻る。

いつの間にかおれのほうを見てた生徒たちも前に向き直る。そのなかには瑞衣も含まれる。

それから十五分ほどでまたチャイムが鳴り、授業は終わった。

鳥海先生と保護者たちが互いに頭を下げた。

もちろん、おれも下げた。会話をした分、ということでもないが、結構深く下げた。そして教室を出た。

ほかの保護者たちと少し話してもよかったが、そんなことにもならず、入校証を受付で返して校舎も出た。

たまにで充分、と静衣は言ったが、確かにたまにはこういうのもいいもんだな、と思った。

のだが。

思えたのは一時間程度。おれに続いて瑞衣が家に帰ってくるまで、だ。

小学校高学年のころから、瑞衣は自分のカギを持ち歩いてる。パートに出てた静衣が帰宅時にはいないこともあるからだ。

それに慣れてるので、瑞衣は家におれか静衣がいても、自分のカギでドアを開けて入ってくる。

静衣がいるときはインタホンのチャイムを鳴らすこともあるが、おれしかいないとわかってるときはほぼそうする。

このときがまさにそれ。瑞衣は自分のカギでドアを開けようとした。静衣はパートで、なかにはおれしかいないことが明らかだったから。

瑞衣が帰ってきたことが音でわかったので、おれは玄関に出てドアを開けた。

おかえり、と言う前に、瑞衣が強い口調で言った。

「何で言わない必要があるわけ？」

「え？」

「何で言わないで来る必要があるわけ？」

「あぁ。いや、まあ、言わなかったわけでもないんだけど」

「急に思い立ったんだよ、朝」とおれは予定どおりのうそをつく。

「言わなかったじゃない」

そこで、外から、つまり瑞衣の背後から女の声が聞こえてくる。

「こんにちは」

「こんにちは」と瑞衣が返す。

「ん？　あぁ、こんにちは」とおれも言う。

上の二〇二号室に住む人が、ちょうど階段を下りてきたのだ。

それで会話はしばし中断。

彼女が歩き去るのを待って、瑞衣が言う。

「何、うそついてんの？　お父さんが来るから、お母さん、パートに行ったんでしょ？」

「お母さんがそう言ったのか？」

「言わなくてもわかるよ。昨日まで学校に行くって言ってたんだから。パートの店長さんだって、朝いきなり来てくれなんて言わないよ。言われたとしても、そんなの断れるし。何、だまし討ちみたいなことしてんのよ」

だまし討ち。瑞衣の口からそんな言葉が出てきて、たじろぐ。女子中学生がそんな言葉を知ってるのか。いや、まあ、知ってるか。

瑞衣はそこでやっと靴を脱ぎ、なかに入る。

まずは自分の部屋に行って通学かばんを置く。すぐに出てきて、流しで手洗いとうがいをする。

それはもう、コロナで完全に習慣となったことだ。といっても、静衣の指導のおかげで、瑞衣はその前からちゃんとそうしてたが。

今年十四歳。コロナが始まったころ、瑞衣はまだ十歳。小四から小五になるあたり。中学に上がるという大変な時期もコロナのなかで過ごしたわけだ。

数ヵ月前までは、学校でも全員マスク着用。だから小中学校の児童生徒たちは友だちの顔をちゃんと見たことがない、という話をよく聞いた。瑞衣本人から聞いたのではなく、テレビのニュースで見た。顔の下半分を知らない友だち。髪型と目しか知らない友だち。すごいな、と思った。

「で」と手洗いを終えた瑞衣がおれに言う。「何で手を挙げる必要があるわけ？」

「え？」

「何でわざわざ手を挙げて答える必要があるわけ？」

「あぁ。いや、先生に訊かれたから」

「先生も、本気で訊いたんじゃないよ」

「いや、本気で訊いてたろ」

「一応、質問しただけ。質問した感じにしてただけ。返事なんか期待してない。誰も答えなかったらあのまますんなり終わってたよ」

「いや、訊かれたんだから答えるだろ。答えるべきだろ」

「あれは答えなくていい質問だよ」

「何だよ、それ。そんな質問ないだろ」

「あるよ。ただ話したってことにできればいいの」

　そう言われると、何も言えない。

　空気を読まなかった、というやつだ。指摘されると恥ずかしい。鼻毛出てるよ、口臭いよ、と言われたときとはまたちがう恥ずかしさがある。

「わたし、すごく恥ずかしかった」と瑞衣がまさにその言葉を口にする。「あのあと、あれ誰の親？　とか言われて。聞こえないふりをしたけど、バレて」

「バレたのか？」

「しかたないから自分で言ったの。隠そうとしてバレるよりはいいから」

「あぁ」

「武将好きの親とかウゼ～って言われたよ、男子に」

「いいだろ、武将好きだって。武将を知らない親よりいいよって、言ってやれよ」

「知らない親でいいよ」

JR四ツ谷駅
ベルジュ江戸川
一〇二号室
片山達児

そう言われ、うぐっとなるが、なおも言う。

「というか、そこまで武将が好きなわけでもないよ。訊かれたから答えただけだ」

「そこまで好きじゃないなら答えないでよ」

「だから。訊かれたんだからしかたないだろ」

「片山《かたやま》さんのお父さんはどうですか？　って訊かれたんならわかるよ。それなら答えてもいい。でもそうじゃないのにわざわざ手を挙げて答えなくてもいいよ」

それは確かにそうかも、と思ってしまう。瑞衣、鋭い。

「しかもわけわかんない武将だし」

「わけわかんなくないだろ。先生も言ってたよな。小六は立派な武将だよ」

「ほら、好きじゃない。織田信長とか徳川家康とか言っとけばいいんだよ、あんなときは」

「つまんないだろ、そんなの」

「誰もあの場でおもしろくしてほしいなんて思ってないよ」

そこまで言われるとさすがにへこむ。久しぶりに娘と話したと思ったら、これ。きつい。

こうなるなら、本当に、答えなければよかった。手を挙げなければよかった。片山さんのお父さんはどうですか？　と訊かれたときにだけ、信長さんと家康さんです、と答えておけばよかった。

いや、それよりも。

男子って、誰だ。瑞衣の隣に座ってた子か？　それとも、後ろか？

武将好きの何が悪いんだよ。どこがウゼ～んだよ。

と言いつつ、わかる。

おれも中学生なら、まちがいなく同じことを言ってた。女子生徒の親がさっきのおれみたいなことを言ったら、武将好きとかダセ～、と言ってただろう。その女子への好意が強ければ強いほど、強く言ってしまったかもしれない。バカ男子は、そうなのだ。そしておれは紛れもなくそのバカ男子だった。

ということは。

瑞衣、そのバカ男子に好かれてるのか？　変なちょっかいを出すなよ、バカ男子。

「とにかく」とおれは瑞衣に言う。「人に質問されたら答えるのは当然だ。親が子の授業を見るのも当然だ。事前に言っとかなきゃダメなんてことはない」

それを聞いた瑞衣は、この日一番のいやな顔をする。反論はしない。そのいやな顔をおれに見せるだけ。

でもそれで充分だった。充分、おれはこたえた。そんな瑞衣の顔は絶対に写真に撮らなくていい。残さなくていい。

そこでの話はそれで終わったが。

夜。瑞衣からすべてを聞いた静衣がおれに言った。やはり瑞衣がフロに入ってるあいだに。

「人に質問されたら答えるってほうはともかく。親が子の授業を見るのは当然だっていうそれ。子どものころ親に言われてたら、あなた、いやじゃなかった？」

JR四ツ谷駅
ベルジュ江戸川
一〇二号室
片山達児

何も言えなかった。人に質問されたら答えるのが当然なはずなのに、答えられなかった。ガキのころにそんなことを親に言われてたら、まちがいなく、いやだった。おれはそういうのを積極的にいやだと思うガキだったはずだ。

今でも覚えてる。

小学校高学年のころだろうか。達児《たつじ》は大きくなったら何になりたい？　と母に訊かれ、大きくなったら何になりたいかを子どもに訊く親にはなりたくない、と答えた。

母はかなりいやな顔をした。おれは、自身の子にも自身の親にもいやな顔をさせてたわけだ。何になりたいかを訊かれ、何になりたくないかを答える。パンクなガキ。本当にいやなガキだ。そんなガキが大人になるとおれになる、というわけか。

「だからよくないと思ったのよ」と静衣が言い、

「ん？」とおれが言う。

「だから瑞衣に何も言わないで学校に行くのはよくないと思ったの。こうなるから」

「思ったんなら言ってくれよ」

「言ったじゃない」

「もっと強く言ってくれよ」

「は？　何なのよ、それ」と静衣もいやな顔をする。

自身の子に自身の親に自身の妻。身近な女全員にいやな顔をさせる男。すごいな、おれ。結局は、こうなる。瑞衣とだけでなく、静衣ともこうなる。

昨日、静衣と久しぶりに話し、何というか、ちょっとノった。このままさらにもう少しいけるのではないかと思ってしまった。

いけなかった。そもそも、何がどういけると思ったのか。いけるとは何なのか。

残念ながら、認めるしかない。

うまくいってるのは仕事だけ。家庭は終わってる。

何かあったわけではないのだ。なのに、うまくいかなくなってしまった。

妻が極端なセックス嫌いであるがゆえに離婚した夫婦を知ってる。

結婚前はそこまでもなかったが、結婚してひどくなった。子をつくるためのセックス以外は受け入れなくなった。耐えられなくなってその体に手を伸ばした夫に妻は言ったらしい。よそでやって。

それで離婚が決まったという。

もう一組。二人めの子が生まれ、それを機に一戸建ての家も買い、順風満帆と思われたところで夫が浮気して、離婚した夫婦も知ってる。

特にこの二組めは、第三者として話を聞けば、何やってんだよ、と思う。おれも強くそう思った。

だが今はこう思う。愚かにしか見えないその夫にだって、本人にしてみれば必然と感じられる流れみたいなものはあったのだろう。第三者はその流れやそれに伴う時間の経過を知らないから、何やってんだよ、と思ってしまう。簡単なのだ。内情を知らない第三者が一般論や原則論を持ちだしてあれこれ言うのは。

その二組めとは反対に、夫が浮気をして離婚もしかけたが持ち直した夫婦も知ってる。ただ、この三組めについて知ってるのはそれだけ。その客観的事実だけ。

この夫婦はどんなだったのだろう。夫が謝り、妻が許したのか。それとも、許しはしなかったが受け入れたのか。例えば子どものことを考えるなどして。

念のために言うと、おれが浮気をしたことはない。その願望があった時期もないとまでは言わないが、実際にしたことはない。

一度だけ、大学時代の元カノジョと飲みに行ったことはある。

だが何もなかった。仕事絡みの稀《まれ》な偶然で再会し、お互い、おぉっとなり、その勢いで飲みに行っただけ。

そのことは静衣も知ってる。飲みに行ったことを知ってるだけでなく、何もなかったことも理解してる。そこはおれがちゃんと説明したから。例えばラブホテルに行くような時間はなかったのだ。もちろん、そんな気もなかった。おれは終電で帰ったし。

だから、夫婦としてもめる原因となるようなはっきりした何かがあったわけではない。激しいケンカをくり返したような時期があるわけでもない。

それでも、こんなことにはなってしまう。うまくいかなくは、なってしまう。

二十代後半のころ。おれは、二十三区内に一戸建ての家を持つ、との目標を立てた。そうできる男になろうと決めた。都内ではない。二十三区内。

そもそも東京都の出身ではある。八王子市。駅で言うと、京王高尾線のめじろ台。一戸建てがずらりと並ぶ住宅地だ。

とてもいいところだが、都心までは遠かった。大学は世田谷区にあるので通えたが、一時間はかかった。

大変だったのは授業のあとだ。飲み会なんかは新宿で開かれることが多かったから、わざわざ反対方向へ行かなければならなかった。

まあ、新宿からなら特急に乗れるから、帰宅にかかる時間がそこまで長くなるわけではない。だが面倒ではあった。八王子に住んでると、新宿より東は本当に遠いと感じるのだ。

だから二十三区内。そこに一戸建てを持ちたいと思った。

マンションではなく、一戸建て。めじろ台で長く一戸建てに住み、そのよさは知ってたから、自然とそうなった。ちゃんと土地も持ちたかった。

おれは食品会社に勤めてる。主に乳製品をつくる会社だ。今は本社にいる。正確に言うと東京支店だが、それは本社の社屋にある。

結婚前は地元八王子の支店にもいたが、結婚してからはずっと本社。その後の異動はすべて本社内で、した。首都圏支店、販売本部、東京支店、という具合だ。

そんなふうに本社に居つづけたことで、二十三区への愛着も強まった。

一戸建てを持つまでは賃貸でいい。それも、家賃が高めのマンションではなく、安めのアパートでいい。そう思ってきた。

そして住んでるのが今のところだ。江戸川区の端。ぎりぎり都内。すぐそばを旧江戸川が流れてる。江戸川が、やや先でその旧江戸川と分流するのだ。

ベルジュ江戸川、一〇二号室。２ＬＤＫで、部屋の片方は和室。

瑞衣が生まれる前から住んでる。全体的に狭いが、とにかく一戸建てを買うために我慢してきた。もちろん、車は持ってない。まず、必要がないし、必要がないのに維持費や駐車場代を払うことはできない。

会社でのおれの昇進が遅れ気味なので、我慢は長くなってる。前は四月や十月といった異動の時期にそわそわしてた静衣も、今はそわそわしない。この数年はもう何も言わない。

本社は四ツ谷にあるが、市ケ谷からも行けるので、おれはそうしてる。ここ篠崎からは都営新宿線で一本だ。乗り換えなし。

ただし、その篠崎駅までは、アパートから歩いて二十分かかる。その代わり、家賃は安い。おれが毎日歩くだけだからいい。そう思ってそこにした。

だが結局は静衣も歩くことになった。住宅地のなかだけでパート先を探すのは難しいから。

それだと、コンビニかファミレスしかないのだ。近くにあるその手の店では同じ学校の生徒が来てしまう可能性があるので、瑞衣にいやがられる。

静衣も一時期は三駅先の船堀まで行ってた。そこの大型スーパーに入ってる百円ショップでパートをしてたのだ。

今はもう近いところに移ってる。作業服なんかを売る店だ。それでも、店があるのは篠崎駅の向こう。そこまで自転車で通ってる。

二十三区暮らしは甘くないのだ。かなり裕福でもない限り、徒歩二十分に耐えなければならない。狭いアパートにも耐えなければならない。

その狭いアパートに、今日は家族三人がいる。おれも静衣も瑞衣もいる。

土曜日。おれは仕事が休みで、静衣も珍しく休み。瑞衣は夏休みだ。

こんなとき、静衣と瑞衣は居間でテレビを見ることが多い。そうなると、おれには居場所がない。居間にいられないほど仲が悪いわけではないが、何というか、同じテレビ番組を一緒に見る感じでもないのだ。

しかたなく、おれは夫婦の寝室でもある和室のテレビでほかの番組を見たりする。十九インチの小さいテレビだ。ちなみに、居間のそれは五十インチ。デカい。居間自体がテレビ室みたいになってる。

２ＬＤＫとはいえアパートだから、廊下のようなものはない。とにかく省スペースということで、すべてがキュキュッとまとめられてる。よほど声を潜めないと、会話がほかの部屋にも聞こえてしまう。

子どもがいる家庭。夏休みの昼ご飯といったらチャーハンだ。

週に一度もチャーハンが出てこないことはない。場合によっては二度三度と出てくる。八王子の片山家はそうだった。夏休みは、週の三日がそうめんで四日がチャーハンだったこともある。

おれの母に限らない。静衣もそれに近い。どうしてもそうなるのだ。つくる側としては楽だから。

もちろん、おれも文句は言わない。かつて母には言ったが、静衣には言わない。いや、これまたかつては言ったが、今はもう言わない。無駄にもめるようなことはしない。

休みの日の昼ご飯と晩ご飯は、三人で一緒に食べる。そうするよう静衣に言われてる。そうしないならお皿は自分で洗ってね、と。だから一緒に食べる。そんなには見たくないテレビ番組を見ながら。そしてその番組に対する静衣と瑞衣の感想を聞きながら。

今日は、静衣がアレンジしたキムチチャーハン。

それを食べながら、同時にテレビも見ながら、静衣が言う。

「お隣、最近ずっといない？」

「男の人だよね」と瑞衣が応える。

「うん。二十代後半ぐらい」

「わたし、話したことあるよ」

それにはつい口を出してしまう。

「何だよ、話したことがあるって。話しかけられたってことか？」

「ちがうよ。あいさつしただけ。そのときにちょっと話しただけ。ここは川が近いからいいとか、そんなようなことを」

「何でいいんだよ」

「知らないよ。それは向こうが言ったの」

「よくないだろ。不便だし」

「散歩コースになるからいいとか、確かそんなようなこと」

「そこまで話してるなら、結構話してるってことだろ」

「それだけ。一分も話してない。っていうか、いいでしょ、隣の人と話したって」

「女ならな」言い直す。「女性ならな」

瑞衣は何も言わない。むくれ顔をして、黙る。

代わりに静衣が何か言うかと思ったが、やはり言わない。同じく黙ってキムチチャーハンを食べてる。

だからおれは続ける。

「あいさつだけにしとけよ。警戒はしとけ。変なやつもいるから」

「変なやつって何？」と瑞衣。「お隣はそういう人じゃないよ」

「わかんないだろ、そんなの」

「お父さんにもわかんないでしょ。しゃべったことあんの？」

「ないよ」

「もしかして、あいさつもしないとかじゃないよね？」

「あいさつはするよ。それはこっちからする。頭も下げるし、こんにちはぐらいは言う」

「わたしも同じだよ。そのあとにちょっと話したの。たまにはそうなることだってあるでしょ」

「あるか？」

「あるよ」

このアパート、ベルジュ江戸川は全四室。四室のすべてが同じ間どりというわけではない。一〇二のウチと上の二〇二は２ＬＤＫ。だが階段を挟んで隣の一〇一と上の二〇一は１ＤＫだ。

一〇一がその男。

二〇一は男と同年輩の女。

二〇二はその二人よりは少し上ぐらいの女。それが、こないだおれと瑞衣が玄関で言い合ってたときに階段を下りてきた女だ。二〇二はウチと同じ２ＬＤＫだが、たぶん、一人で住んでる。ダンナなりカレシなり子どもなりは、見たことがないから。

おれも三室の住人それぞれとあいさつはする。だがそれだけ。名前までは知らない。顔も、はっきりわかるのは一〇一の男だけだ。

女二人はわからない。じろじろ見てると思われるのもいやなので、あいさつをする際も顔は直視しないのだ。アパートの敷地内にいるから住人だと判断してあいさつするだけ。それで充分だろう。あいさつは絶対にする。だがそれ以上のことはしない。踏みこませないし、踏みこまない。

キムチチャーハンを食べ終える。

空いた皿を流しに運ぼうか、と思うが、すぐにそうするのもまるで逃げるみたいだよな、とも思う。だからグラスに残ってた麦茶を、とりあえずゆっくり飲む。

またこんな感じになってしまった。下手に会話をすると、何故かこうなる。おれが文句をつけたようになってしまう。そんなつもりはないのに。

晩ご飯まで引きずらないよう、どうにかしたい。プラスにはしなくていいから、マイナスをせめてゼロに戻しておきたい。

ということで、話題を探る。

女子中学生との話題。となればこれだろう。

「瑞衣、部の練習はないのか？」

「ないよ」

明日はあるとか、しばらくはないとか、そんな補足情報はなし。ないよ、の三音でシャットアウトされた感じがある。だが答えてはくれてるから、おれも文句は言えない。

瑞衣はバスケットボール部に入ってるらしい。いや。らしい、ではない。入ってはいる。辞めたりはしてないはず。静衣からそんなことは聞いてないし、本人も練習はないと言ってるのだから、まちがいない。

ただ、そのバスケ部についてちゃんと話したことはない。それこそ、去年、静衣から瑞衣はバスケ部に入ったと聞いただけだ。

興味がないわけではない。と言うと、うそになる。というか、正しくない。瑞衣が何をしてるかには興味がある。バスケットボールという競技自体にさほど興味がないのだ。興味がないからよく知らない。よく知らないから話せない。

五人でやることはもちろん知ってるが、ポジションまでは知らない。ガードとかセンターとか、そんなのがあったはず。

ＮＢＡの選手も、シャキール・オニールやコービー・ブライアントしか知らない。あとは、バスケットシューズ、エア・ジョーダンのマイケル・ジョーダン。今も現役の選手だと、レブロン・ジェームズ。

そのレブロンも、知ってるのは名前だけ。顔までは知らない。アパートの二階に住んでたとしても、それがレブロン・ジェームズだとわからない。

おれの知識はその程度。野球なら、イチロー松井時代にＭＬＢを見てたからもうちょっと話せるが、バスケはそれが精一杯。瑞衣とＮＢＡの話はできない。まあ、瑞衣も別にＮＢＡが好きでバスケを始めたわけではないだろうが。

バスケに限らない。スポーツにおいて、女子にはその感じがあまりない。男子は選手への憧れからそのスポーツを始めたりするが、女子はそうでもない。いや、どうなのだろう。フィギュアスケートなんかだとまたちがうのか。

で、中学生は、自分がやってることや好きなことに口を出されるのをいやがる。特に大人にそうされるのをいやがる。それはおれにもわかる。いやなガキにしてバカ男子だったおれ自身がまさにそうだったから。

そんなこともあって、やはりバスケ自体には踏みこめない。おれが本物のバスケ好きならいいのだ。だがそうではないのに興味があるふりをして踏みこむのは危険。無様に自爆する可能性が高い。

と考えたそのあたりで、テレビがちょうどいいニュースを報じてくれる。大谷翔平《おおたにしょうへい》のニュースだ。日本時間午前中の試合でまたホームランを打った、という。

瑞衣も大谷のことは知ってる。これはもう、性別や年齢は関係ない。小学生以上で大谷を知らない日本人はいないのだ。

おれが触れるまでもなく、瑞衣自身が言う。

「すごいねぇ。大谷さん」

「すごいねぇ」と静衣も同意する。

「いつもホームラン打ってない？」

「打ってる」

「明日穂《あすほ》がね、大谷さんのこと、めっちゃ好きだよ」

名倉《なぐら》明日穂。瑞衣の友だちだ。その名前は何度も聞いたことがある。小学校から一緒だったはず。いや、幼稚園からかもしれない。確かこの辺りの一戸建てに住んでる。瑞衣がよく遊びに行く。

うらやましく思った覚えがある。遊びに行ける瑞衣がうらやましいのではない。二十三区内に一戸建てを持つ名倉家がうらやましい。父親は何歳なのか。仕事は何をしてて、役職は何なのか。それを訊いてみたくなる。

「野球、上手だもんね。翔平くん」

静衣がそう言うと、瑞衣はこう返す。

「でも明日穂は顔も好きなの」

「わかる。笑顔がかわいいもんね」

「それ。結婚したいって言ってる」

「そこまで？」

「うん」

「瑞衣は？　好き？」

「好きだけど、結婚までは。歳、十五とかちがうし」

「あぁ、そうか。そんなにちがうのね。翔平くんは若く見えるから、瑞衣とちょっと歳が離れたお兄ちゃん、くらいに思っちゃう」

説教臭くない話をするいい機会だと思い、おれも言ってみる。

「瑞衣が大谷と結婚してくれたらな」

速攻でいやな顔をされる。しかも瑞衣だけでなく、静衣にも。

「何でそうなんのよ」と瑞衣。「十五ちがうって言ってんじゃん」

テレビの画面に目を向けたまま独り言のように言うから、おれは何も言えない。

瑞衣はこう続ける。

「どうせお金目当てでしょ」

大谷と結婚する瑞衣の父親であるおれがお金目当て、ということだ。

さすがに怒りたくもなるが、怒れない。またも、親に対して何だ、みたいな言い方になってしまうだろうから。

さらには、ショックを受けたせいでもある。お金目当て。娘にそう言われるのはきつい。いつかは二十三区に一戸建て。そんなおれの意思が、いやな形で伝わってるのかもしれない。

しばらくしてから、瑞衣がこうも言う。おれではなく、静衣に向けて。

「まあ、アメリカに行けるなら大谷さんと結婚してもいいけどね」

アメリカに行きたいのか？　と訊いてみたくなる。

だがそういうことではないだろう。今のこの暮らしがいやなのだ。このアパートにいたくないのだ。たぶん。

おれの娘。片山瑞衣。その名前はおれが付けた。

まず、妻静衣のその静衣という名前が気に入ってた。衣のつかい方がいいと思ったのだ。こんなふうに衣をつかうと、しずえ、と読まれたりする。実際、静衣は今でもそう読まれることがあるらしい。だが、しずい。とてもいい。

だから、生まれてきた娘に瑞衣と付けた。衣、の前の漢字は何にしようかと散々迷って。

静衣も反対しなかった。むしろ喜んでくれた。そもそも、衣はわたしのをつかうんだからと、その前の漢字はおれに決めさせてくれたのだ。

今となっては苦笑するしかない。この篠崎の片山家では、おれ対静衣瑞衣組、とでもいうような構図がはっきりとでき上がってる。まるでそうなることを予見しておれが付けたみたいだから。

瑞衣という名前自体は今も好きだ。

いや、もちろん瑞衣自身のことも。

それから、静衣のことも。

おれの妻というよりは、瑞衣の母として。


十月は異動の時期。

ついに昇進した。転勤を伴う形で。

一応、課長になる。営業所の課長だから、本社の課長とはまたちがうだろうが。

そう。営業所。新潟営業所へ、おれは異動になった。いや、異動になる。

転居を伴うわけだからあれこれ準備が必要。ということで、一ヵ月前の九月初めに言われた。

内示なので厳密には断れるのかもしれないが、現実的には無理。受け入れるしかない。所詮は会社員。会社の指示を受け入れられないなら辞めるしかない。おれは今、四十二歳。辞めるわけにはいかない。

実際、わかってはいたのだ。転勤の可能性が常にあることは。

おれは東京出身。多少はそれを考慮してくれてたのかもしれない。だが入社からずっと東京もしくは首都圏にいられることのほうが珍しい。

にしても、四十を過ぎたあたりからは、もうないだろうと変に安心してた。これから転勤を伴う異動をさせられることはないだろうと。根拠は何もないのに。

で、まさにそうなった。これまで一度も行ったことがないどころか通りすぎたこともない、新潟。

上司の浜中隆作《はまなかりゅうさく》課長に嫌われてたのかもな。でなきゃ、かつて販売本部で一緒だった人事の金田《かねだ》修蔵《しゅうぞう》部長に嫌われてたのか。どっちにも、いろいろ言ってきたからな。下からの要望として、多くの注文をつけてきたからな。浜中課長ならともかく。金田部長はダメ。人事部長に嫌われてるって、それ、終わりだろ。もしそうなら、おれ自身がどうこうの話じゃない。金田部長が人事部長になった時点で、もう詰んでたのかもしれない。

さすがに落ちこんだ。

まだ内示。変更の可能性はある。ゼロではない、という程度には。だから言ってはダメなのだが、同期の白根《しらね》悦久《えつひさ》には言ってしまった。廊下で会ったときに、ついぽろりと。

その日そのあと、久しぶりに二人で飲んだ。白根が誘ってくれたのだ。

四ツ谷だとほかの社員に会う可能性があるので、隣の市ケ谷。そこの個室がある居酒屋に行った。予約は白根がしておいてくれた。白根も市ケ谷から帰れるのだ。おれと同じ都営新宿線でではなく、東京メトロ南北線で。

貝の酒蒸しに出汁巻玉子に天ぷらの盛り合わせ。つまみはそんなのを頼んだ。

飲みものはビール。飲みすぎないようグラスにすることも考えたが、白根がジョッキにしたので、おれも同じにした。

「とりあえず乾杯」と白根が言い、

「何にだよ」とおれが言って、
ジョッキをガチンと当てた。

食べながら、そして飲みながら、あれこれ話をした。

ビールはやはり進んだ。かなり速いペースでだ。まあ、グラスにしておいても同じだっただろう。

初めは白根のほうが多く話したが、やがてはおれのほうが多く話すようになった。そしてどうしても、愚痴が増えた。

同僚を非難したりもした。皆、自分が困ったときにたすけを求めてくるだけで、人が困ったときにたすけようとはしない。そんなようなことも言った。ジョッキ四杯めのあたりで。

黙っておれの話を聞いてた白根がそこで言った。

「ちょっと勘ちがいがあるのかもしれない」

「ん？」

「同期だし、今後の片山のためにもなると思うから、言っとくよ」

「何？」

「人とはもっとちゃんと接したほうがいい」

「え？」

「人ともっとちゃんと向き合ったほうがいい、と言うべきかな」

「それは、えーと、何だ、上のことか？　下のことか？」

「どっちもかな」

「どっちもかよ」とおれは苦笑した。

どっちも。下にもか。

だとすれば、該当するのは、同じ東京支店の柿沼出《かきぬまいずる》や船越由宇里《ふなこしゆうり》あたりだろう。その二人がおれのことで誰かに何か言い、それに尾ひれがついて、社内に広まったりしたのかもしれない。つまり、よくない話として。

柿沼は、おれより九歳下。そもそも、そりが合わない。

自分より営業成績がよくない社員のことはたとえ歳上でも露骨に見下すその感じが気に入らない。つかえない、という言葉を人に対して平気でつかうところがどうしても好きになれない。

まあ、柿沼に嫌われるのは別にいい。こっちも嫌いだから。

ただ、由宇里にも嫌われてるのだとしたら、それはちょっときつい。由宇里のことは嫌いでも何でもないのだ。

由宇里は、おれよりひとまわり下。今年三十とか、そんなだ。

向こうが入社したてのころ、同じチームで仕事をした。その後由宇里はよそに移るのだが、去年また一緒になった。

ここで話は少し飛ぶ。

一年ぐらい前か。静衣と瑞衣と、洋食レストランに入ったことがあった。

もしかしたらそれが直近の三人での外食かもしれないが、まあ、今それはいい。ともかく、そのレストランでランチをとった。

そこはパンのお代わりができる店。お客が自分で取りに行くシステムになってた。パンバイキング、みたいなものだ。

初めのパンにはホワイトシチューを付けて食べたから不要だったが、お代わりの際、瑞衣はバターも持ってきた。銀紙に包まれたあれだ。四角くて小さめのやつ。で、バターナイフがなかったと言った。

次いでお代わりに立ったおれも見てみたが、確かになかった。バターナイフ、と書かれた箱が空になってるのだ。

だから席に戻ると、店員を呼んで言った。

「すいません。バターナイフがないようなんですけど」

店員は二十代後半ぐらいの女。こう応えた。

「あ、今まだ洗っておりませんで」

ランチタイムも終わりに近い午後二時すぎ。お客は減ってたが、まだそこまで手がまわらない、ということのようだった。

だとしても、見た感じ、店員が少ないわけではなかった。全員が忙しく動きまわってるわけでもなかった。

すぐ洗ってお持ちします、と続けるのかと思ったら、こうきた。

「おつかいのフォークで、いいでしょうか」

えっ？　と思った。サラダを食べるのにつかってた大きめのフォークをパンにバターを塗るのにもつかってもらえないだろうか、ということだ。

「もしあれでしたら、替えのフォークをお持ちしますので」

それはあるのか、と思いつつ、言った。

「あぁ。えーと」

驚いた。自分たちがバターナイフを洗う、という選択肢がないことに。

「あ、いいですいいです」と静衣が言い、

「じゃあ、まあ、あるのをつかいますよ」とおれも言った。

大きめのフォークをもう一本持ってこられるなら、そのままでいい。フォークに付いたバターを直になめなきゃいけないのは何だが。

別に怒ったわけではない。そういうことではまったくない。ただ、不思議だった。

店員が去ると、おれは静衣に言った。

「洗わないんだな」

「いいじゃない。バター自体がないわけではないんだから」

「でもそれじゃ店としてダメだろ」

「何か事情があるんでしょ」

自分が客だから言ったわけではない。店の立場から言った。バターはあるけどバターナイフはありません。いつもは用意してますけど今はありません。それを、お客に言うのはなしだろう。

というこの話を、後に由宇里にした。

取引先に対して、由宇里が似たようなことをしてしまったからだ。

詳細は伏せるが、こちらの不備を引きとらなかった。面倒をあちらに押しつけてしまった。そちらがよろしければこのままでだいじょうぶです、とやってしまったのだ。

相手は対等な立場の取引先。不満に思われる可能性もあった。担当者によっては問題にされる可能性も大いにあった。

担当者は楠《くす》見《み》克信《かつのぶ》さん。おれより五歳上の人。その楠見さんからあとでその話を聞いた。

クレームの形ではない。単なる雑談としてだ。ちょっと驚いたよ、今の若い子はやっぱりちがうんだねぇ、と楠見さんは笑ってた。

おれは笑えなかった。今年三十、はもう、今の若い子、ではない。笑うどころか、ひやっとした。楠見さんだからとがめずに収めてくれてたことがわかった。そして、たぶん楠見さんだから、おれにやんわり忠告してくれたのだ。その雑談という形で。

迷ったが、由宇里に言った。クレームを受けたわけでも何でもないとあらかじめ説明したうえで。でもそれはよくないと。あちらに押しつけていいことではないと。

そのときにこのバターナイフの話をした。船越さんがやったことはその店がやったことと同じだよ、と。

由宇里の反応はこうだった。

「いいって楠見さんが言ったんだからよくないですか？　クレームでないなら何も問題はなくないですか？」

「でもこっちの不備はこっちで片づけないと。そういうのは悪い印象として残るから。具体的な内容はそのうち忘れられるけど、悪い印象だけはあとあとまでそのまま残っちゃうから」

「不備というほどの不備じゃありませんよ。片山さんが不備にしたがってるんじゃないですか？」

　これにはさすがにカチンときた。は？　と言いそうになった。どうにかこらえて言った。

「次からはさ、そういうことは一旦持ち帰ろう」

「必要があれば持ち帰りますよ。今回は必要がなかったから持ち帰らなかっただけですよ。楠見さんとの関係はちゃんとできてたから、必要はなかったんですよ」そして由宇里は吐き捨てるように言った。「バターナイフとか、知りませんよ」

　それから、由宇里のおれへの態度はあからさまに変わった。不満を、というか敵意を隠さなくなった。

　あいさつをするときも顔は見ない。おはようございますやおつかれさまでしたを早口で言い流すだけ。アパートの住人同士があいさつをする際に互いの顔を見ないのとはまったく別。そこに気遣いはない。

　今になれば、思う。

　由宇里も、あまりよくないことだとわかってはいたのだ。仕事が立てこんでなければちゃんとやってたのだろう。優先順位の一番下にその件が来ただけ、ということかもしれない。だからこそ、おれにそこを突かれ、不快に感じたのだ。

そんなふうに、おれはここまで何人かとぶつかってきた。上とも下とも。同じ部署の者たちだけでなく、ほかの部署の者たちとも。

だが取引先の人たちとはいい関係を築いてきた。そこは自信がある。

どうにかそこそこの営業成績を収めてもきた。突出してはいないが、長く不調だった時期もない。トータルで見れば上位にはいるはずだ。柿沼にだって、見下されるほど負けてはいない。だからこそ、ずっと営業畑にいられるのだろうし。

とはいえ。

いざこうなってみると、自分を嫌ってる者たちの候補がすぐに何人も浮かぶのだから、しかも上も下も浮かぶのだから、白根の言うとおりなのだろう。

もう大してうまくもなくなったビールをなおも飲みながら、白根に言う。

「おれは、人望がないか?」

「まあ」

「まあ?」

「ないな」

「おぉ。はっきり言った」と笑う。もはや苦笑でもない。単純におもしろいから笑う。「でもそうか、しかたないな。上にもいろいろ言ってきたし」

「言わなくてもいいことまで、言ってたんじゃないか?」

「ん？」

「片山が言わなくていいことまで。自分が思ってないことまで」

「あぁ。言ってたな。言いにくそうなやつの代わりに」

「それは、言わなくていいだろ」

「いや、ダメだろ。言いたいことは言うべきだ。言うべきことは、言うべきだよ」

酔ってるせいか、言葉がおかしくなる。うまく操れなくなる。

「言わなかったやつらはさ、言わないってことを選んでるんだよ」

「何？」

「言いたいけど言わないってことを、選んでるんだよ。そこまでする価値はないと判断して」

「でも誰かがそれを言うことで何かがよくなるなら、言うべきだろ」

「よくなってるか？　変な軋轢《あつれき》を生んでるだけじゃないか？　結果として、片山が損してるだけじゃないか？」

「上に睨まれるのはしかたないよ」

「上だけならいいよ。もしかしたら、下も、いい気はしてないかもしれない」

「どういう意味？」

「言わないってことを選んだのに、片山に言われた。自分の代わりに言ってもらったみたいな形になった。頼んでもないのにそうなった。余計なことをされた。そうとられる可能性はあるよな」

「あぁ。ある、のか？」

「なくはないな」

「そいつの代わりにおれが言います、みたいな言い方はしてないけどな」

「というそこまではそいつも知らない。片山に泣きついたと上にとられるかも、とは思っちゃうよな」

「それで下にも嫌われるのか」

「嫌われるとまでは言わないけど」

「疎ましく思われるわけだ」

「そうも言わないけど」

「いいよ、言っても」

「そうか。じゃあ、言うよ」と白根は笑う。

「ここまでで、もう充分言ってるよな」とおれも笑う。「もう充分傷ついたよ」

「もっと早く言えばよかったのかもな」

「もっと早く言われてたら、おれは、うるせえな、と思うだけだったよ。素直に聞けるのは、こうなった今だからだ」

「新潟、行くんだよな？」

「行くしかないだろ。何で新潟なんですか、どうせならあったかい四国九州にしてくださいよ、とはおれも言わないよ」

「それは、人事に言ってみたらどうだ？　もしかしたら聞いてくれるかもしれないぞ。上が片山を飛ばしたいだけなら」

「笑えないよ」と笑う。

白根はそこまでブラックなことを言うやつだったんだな、と意外に思う。名前のとおりで、根はまちがいなく白いが。

「白根は優秀なんだな」

「それは皮肉か？」

「ちがうよ。まさに素直な意見だ。おれじゃ、そういうとこには気づけない」

「そういうとこって？」

「言いたいけど言わないってことを選んでる、とか」

「あぁ。気づくだろ、そのくらい」

「気づけるのは、白根が優秀で、人としてデカいからだよ。おれは、やっぱり小さいな、人が。態度はデカいけど」

白根は、去年の四月にマーケティング部の課長になった。そして二十三区内に一戸建てを持った。

最寄駅は、東京メトロ南北線の終点、赤羽岩淵駅。荒川を渡ればすぐに埼玉県の川口市。だが渡らない。ぎりぎり都内。

今のおれと同じだ。おれは江戸川区だから東の端で、白根は北区だから北の端。ただし、一戸建て。そこはおれと大ちがい。おれはアパート住まいで、しかも東京から出されようとしてる。

うまくいってるのは仕事だけ。家庭は終わってる。

と思ってたが。

それもおれの勘ちがい。

仕事も、終わってたのだ。

いや、まあ。薄々気づいてはいた。気づいてないふりをしてただけ。家庭よりはうまくいってると、ごまかしてきただけだ。

二十三区内に一戸建て。もう無理だろう。

と、まだそんなことを考える自分に呆れる。


取引先を出て、ＪＲ総武線で秋葉原から四ツ谷に戻る。

そこの担当者にはまだ自分の異動のことを話してない。内示の段階だし、後任が決まってもいないから、話せないのだ。十月になってから一度、決まったその後任を連れてあいさつに行くことになるのだと思う。

内示が出たその日に、新潟への転勤を静衣に話すことはできなかった。

白根とかなり飲んでしまい、いや、白根はともかくおれはかなり飲んでしまい、終電後にタクシーで家に帰ったのだ。

市ケ谷で飲んだあと、白根と歩いて神楽坂に行き、深夜までやってるバーに入った。たぶんカクテルだと思うが、そこで何を飲んだかは覚えてない。そのくらい、おれは酔ってた。

篠崎のアパートに着いたのは午前三時。静衣は当然寝てたが、起きてきた。狭いアパートだと、深夜に音を潜めるのは難しいのだ。だから瑞衣の目も覚まさせてしまったかもしれない。起きてはこなかったが。

静衣は、かなり酔ったおれを見て、ちょっといやな顔をした。晩ご飯はいらないとの連絡をおれがしなかったからでもある。それは完全に忘れてた。そもそも、毎回はしないのだ。

その日は二時間だけ寝て会社に行った。二日酔いの状態でだ。

普段は買わない口臭ケアタブレットを買って大量になめ、ごまかしごまかし取引先をまわった。

そしてようやくアルコールも抜けてきた午後八時すぎに帰宅。

そこで静衣に言った。新潟の営業所に行くことになった、と。

新潟？　と静衣は声を上げた。次いで、断れないの？　と言い、おれが返事をする前にこう続けた。断れるわけないか、会社員が。

話を飲みこむと、静衣はあらためて言った。あぁ、それで昨日。

やけを起こしたことを見透かされ、ちょっと恥ずかしかった。

その異動で課長になることも伝えた。

転勤させる代わりに課長にはしてあげる、みたいなことだ、と静衣は言った。

この日はただ、その内示が出たという事実を伝えただけ。それ以上のことは何も言わなかった。

おれが単身赴任をするとか、家族で新潟へ引っ越すとか、そんなようなことは何も。

それは静衣も同じだった。どうするのかとおれに訊きはしなかったし、自分がどうしたいかを言いもしなかった。

何よりも大事なのは瑞衣。そこだけは、たぶん、おれも静衣も同じだった。

瑞衣は今、中学二年生。新潟に連れていくなら転校させることになる。しかも学期途中で。高校もそのまま新潟で行かせる。それはまちがいない。一年で東京に戻れるはずもないのだ。

だから、まあ、静衣と話し合うまでもない。結論は出てる。

静衣も瑞衣も、新潟に行きたくはないだろう。新潟がどうこうでなく、東京以外はどこだっていやかもしれない。

ということで、おれの単身赴任。まちがいなく、そうなる。

いや、それですめばいい。

内示が出たとき、おれの頭をまずよぎったのはこれだった。

このことがきっかけになってしまうのではないか。静衣がおれと離婚して片山から橋口《はしぐち》に戻ることを検討するのではないか。あるいはすでに検討してたそれをはっきりと決断してしまうのではないか。

そうなったとしても、無理はない。おれは偉そうに、二十三区内に一戸建ての家を持つ、と言いつづけてきたわけだから。まさにその一点突破。それをすべてのベースにして、静衣にも瑞衣にもあれこれ我慢させてきたわけだから。

二十三区の一戸建てに固執しなければ、もうちょっといい賃貸マンションに住めた。いや、首都圏のどこかにもうすでに中古のマンションぐらいは買えてた。車を持ち、それで旅行をすることもできただろう。静衣や瑞衣の送り迎えをすることだってできただろう。

それが、これ。引っぱりに引っぱって、転勤。しかも遠方への転勤。

偉そうな夫に静衣が、偉そうな父親に瑞衣が、愛想を尽かしてもおかしくない。元バカ男子のバカ男に女たちが見切りをつけてもおかしくない。

四ツ谷駅で総武線の電車を降りる。

先頭の赤坂口寄りに乗ってたので、四ツ谷口のほうへとホームを歩く。

ここＪＲ四ツ谷駅には番地がない。新宿区四谷一丁目無番地、なのだ。

よくは知らないが。国鉄時代は国有地だから無番地。民営化されてＪＲになったあとも、特に不便はないのでそのままになってる。というようなことらしい。

確かに不便はないのだろう。だが無番地だと知れば、何か落ちつかない感じにはなる。ふわふわと浮いてるような感じにもなる。名前がないのと似た感じかもしれない。

もちろん、感じるだけ。四ツ谷駅はどっしりと実在してる。よその駅と何も変わらない。利用者であるおれも、普段はそんなことまるで意識しない。

ただ、こんなふうに、たまには思いだす。ここ、番地がないんだよなぁ、とは思う。思うだけだが、不思議な気分にはなる。

今もそう。思いだす。

そして何故か、自身の家庭を四ツ谷駅になぞらえる。

町なかにできた空白地帯。人込みのなかの空白地帯。

ウチのアパート、ベルジュ江戸川には、ちゃんと番地がある。片山家が住んでる。片山達児、静衣、瑞衣。家族三人が同居してる。してることはしてるが、ともに過ごしてはいない。同じ時間を共有してはいない。

おれ自身にその共有感覚がないのだから、静衣にも瑞衣にもないだろう。おれ対静衣瑞衣組。もしかするとおれは、同じ空間にただいる人、になってるかもしれない。あんなに狭い空間なのに。

四ツ谷口に向かう上りエスカレーターに乗る。

たまたま左側の列にいたので、エスカレーターを歩いて上るためにわざわざ右側の列に移ったりはせず、その左側におとなしく立つ。

上へと運ばれながら、考える。

おれは、自分が正しいことをしてると思ってる。思ってきた。

が。

自分が自転車に乗ってるとき、歩行者を邪魔だと思うのがおれで、自分が歩いてるとき、自転車を邪魔だと思うのもおれだ。

自分がエスカレーターの右側を歩いてるとき、左側で立ち止まってる人に、かばんをこっちにはみ出させんなよ、と思うのがおれで、自分がエスカレーターの左側で立ち止まってるとき、右側を歩いてる人に、かばんにぶつかってくんなよ、と思うのもおれだ。

そんなふうに、いつも自分を中心に考えてしまうのがおれだ。

おれは二十三区内に一戸建ての家を持ちたかった。それは、まあ、静衣も同じだったはず。ただ、その度合いまでもがおれときっちり同じだったのか。

そもそもおれは、一戸建てを一緒に持とう、ではなく、おれが静衣に持たせてやる、と思ってはいなかったか。持つのはおれで、その恩恵を受けるのが静衣。そんなふうに思ってはいなかったか。それは、正しいことか？

四ツ谷駅から歩いて会社に戻る。

一時間で営業の後処理をすませてそこを出る。

今度は四ツ谷とは反対側の市ケ谷へと歩き、そこから都営新宿線に乗る。

篠崎で降り、アパートまでまた歩く。二十分。

着いたのは午後七時半すぎ。今日は早めだ。

家にいたのは静衣だけ。瑞衣はいない。

部活ではない。塾。進学塾。夏期講習に行ったそこが案外よかったから、二学期もそのまま通うことにしたのだ。まさかおれが転勤するとは思わないから。

場所は、駅のほうではなく、中学のほう。アパートから遠くない。帰りは静衣が歩いて迎えに行ける。

瑞衣がいないのはちょうどいい。

離婚を切りだされることも想定しつつ、おれは静衣に言う。

「一人で行くよ」

「え？」

「もう時間がないから、どうするか決めなきゃいけない。おれが一人で行く」

「新潟に？」

「ああ」

「何で？」

「何でって。だって、やっぱり無理だろ」

「何が無理？」

「いや、三人で行くのは」

静衣はおれの顔を見て、ふっと息を吐き、言う。

「だからさぁ、一人で決めないでよ。勝手に決めないでよ」

「え？」

「新潟ってね、雪国のイメージがあるけど、市内はそんなことないみたいじゃない。新潟市のホームページにそう書いてあったよ。雪は降りますがあまり積もりませんて」

「調べたのか？」

「調べるでしょ、そのくらい。自分が行くんだから」

「行くのか？」と訊いてしまう。

「行くでしょ、そりゃ」

「ほんとに行く？」

「何、ダメなの？　いやなの？」

「ダメじゃないよ。いやじゃないよ。ただ」

「ただ？」

「静衣は、いやだろ」

「いやはいや」と静衣ははっきり言う。「いられるならこっちにいたいよ。新潟がいやだってことじゃなくて、東京にいたい。でもこうなったら、行くよ。いつかこうなるんじゃないかとも思ってたし」

「思ってたのか」

「思ってたわよ。会社員なんだから転勤もあるでしょ。しかも全国規模の会社なんだから、遠くだってあり得るわよね。それが現実になっただけ。まあ、今来たか、とは思っちゃったけど」

言うことを思いつけず、おれはただ静衣を見る。久しぶりにちゃんと顔を見たような気がする。

言葉を待たれてるようなので、言う。

「そうか。行ってくれるのか」

「平均気温が零下になる月はなく、東京と大きく変わりません」

「ん？」

「とも新潟市のホームページに書いてあった。明らかに東京の人を意識した言葉」と静衣は笑う。

「大きくっていうのがいいわよね。小さくは変わるんだ、と思った」

「まあ、小さくは変わるよな」

「そうよね。東京と横浜だって、小さくは変わるだろうし。わたし、恥ずかしながら知らなかったんだけど、新潟市って政令指定都市なのね」

「そうだな」

「ついでに見たら、熊本市もそうなのね」

「それは、おれも知らなかった」

「政令指定都市だからいいと一概には言えないでしょうけど。でも、そこそこの規模の市ではあるってことよね」

「でなきゃ、会社も営業所を置かないだろうしな」

「そっか。そうよね」

「あのさ」

「ん？」

「瑞衣は、いいのか？」

「新潟行き？」

「ああ。塾だって、行きだしたばかりだし」

「わたしと同じ。いやだけどいいって」

「いやはいやなんだな」

「そりゃそうでしょ。明日穂ちゃんとか、お友だちと別れなきゃいけないんだから。行くのが原宿とか渋谷とかだって、いやはいやだと思うよ」

「だよな。おれも転校はいやだった」

「したことあるの？」

「あるよ。小学校のとき」

「でもずっと八王子でしょ？　めじろ台」

「そのなかで一度引っ越してる。親父が家を買ったから。そのときに転校したよ。近くではあったけど、学区はちがってたんで」

「そうなんだ。知らなかった」

「言わなかったか？」

「たぶん」そして静衣は言う。「わたしが知らないこと、まだまだあるのね」

そうなのだと思う。おれが静衣について知らないことだって、たくさんあるのだろう。知らないことだけでなく、勘ちがいしてることなんかも。

「瑞衣のお迎えは、何時？」と訊いてみる。

「八時四十五分には出たいかな。だから、ご飯食べちゃって」

「静衣は？」

「わたしはあとで。帰ってきてから瑞衣と一緒に食べる」

「じゃあ、おれもそれでいいよ」

ＪＲ四ツ谷駅
ベルジュ江戸川
一〇二号室
片山達児

「お腹空いてないの？」

「そんなには」

「いいわよ、先に食べちゃってても」

「いいよ。待ってる。今日は、何？」

「ハッシュドビーフ」

「あぁ。ハヤシライスみたいなやつか」

「そう」

　何となく、訊いてみる。

「その二つって、ちがうの？」

「ハッシュドビーフはデミグラスソースがベースでハヤシライスはトマトソースがベース、と言われたりもするらしいけど。デミグラスソースをつかうハヤシライスもあるから、ほぼ同じと考えていいみたい」

「じゃあ、ハッシュドビーフとビーフシチューは？」

「ハッシュドビーフは薄切りのお肉でビーフシチューは塊のお肉をつかう、のかな。わたしもよくわからない。急に、何？　新潟に行ったら料理でも始めるつもり？」

「それは無理」

「でしょうね」

「正直に言っとくとさ」

「うん」

「これはあまりいい転勤じゃない」

「何だ、ビーフシチューの話かと思ったわよ」と言ってから、静衣はこう続ける。「まあ、わかるわよ。これが大阪とか福岡とかなら、いい転勤だと思えるかもしれないけど」

「支店じゃなく、営業所だしな」

「何かやったの？」とストレートに訊かれる。

「やってないよ。罰として追い出されるようなことは何もしてない。ただ嫌われてただけ」

「わかる」と静衣は笑う。

「それもわかるのかよ」

「わかるわよ。これがあまりいい転勤じゃないこと以上にわかる。わかっちゃう」

「同期にも言われたよ。おれは、自分が思ってる以上に嫌われてたらしい。好かれてるとは思ってなかったけど、嫌われてるにしても少しだと思ってた。それ以上ではあったみたいだ」

「って、同期に言われたの？」

「そこまではっきり言われたわけではないけど。それプラスおれの推測だな」

「でもそんな指摘をしてくれるなら、いい同期じゃない」

「もっと早く言えばよかった、とも言ってたよ」

「確かに。もっと早く言ってくれればよかったのにね」

「でもそしたら」

　おれが言い終えないうちに静衣が言う。

「あなたは聞かなかったか」

「そう思うよ」

「こないだは聞いたの？　あの、飲んで帰ってきたときでしょ？」

「ああ。聞けた。というか、もう、飲んじゃっててわけわかんなかったし」

「聞きなさいよ、ちゃんと」と静衣がまた笑う。

　そうやって笑ってくれるのが、ちょっとうれしい。

　結婚前の静衣。二十代前半のころの笑顔を、ふと思いだす。結婚して十六年だが、まだ思いだせる。

「わたしたちね」

「うん」

「一応、夫婦」

「え？」

「夫婦ってね、基本、一緒にいるのよ。いられるようならいるの。いるように努力するの。友だちは、一緒にいて楽しくなくなったら、会わないようにすればいい。極端なことを言えば、そのまま二度と会わなくたっていい。そんなふうに別れてもいいんだと思う。でも夫婦はそうはいかない。ちゃんと別れるまでは、ちゃんと努力するの」

　いきなりそんなことを言われ、驚く。

やや間を置いて、おれは言う。

「なるほどな」

「なるほどな、とか言ってないでよ」

「ごめん」とすんなり言葉が出る。

ごめん。久しぶりに言ったような気がする。会社では言ってる。だが家では久しぶり。それはまずいよな、と思う。

「わたしね、考えたの。向こうに行ったら、介護施設で働く。それで介護福祉士の資格をとる」

「試験を受けるってことか？」

「うん。未経験者でも、三年の実務経験を積めば受験資格が得られるのよ」

「そうなのか」

「ほら、前にも一度、介護施設で働こうとしたことがあるでしょ？　瑞衣が四年生に上がるとき」

「あぁ。そんなこと言ってたな」

「でもやっぱりまだフルで働くのは難しいと思って、結局は百円ショップにしたんだけど。何か、中途半端に投げ出しちゃった感覚があるのよね。投げ出すも何も、始めるまでいってないんだけど。だから今度こそやってみようかなって。瑞衣も充分大きくなったし。もうフルで働いてもだいじょうぶだろうから」

まさに、知らなかった。静衣、そんなことを考えてたのか。そちらのほうが条件がいいから百円ショップにした。その程度のことだと思ってた。

知らないこと。勘ちがいをしてること。確かに多い。

おれたちは、一応、夫婦。

妻のことは、知ってていい。少なくとも結婚してからのことは、もっと知ってていい。

「前にさ」とおれは言う。「もうかなり前だけど、おれが昔のカノジョと二人で飲みに行ったことがあっただろ？」

「あぁ。あったわね。ほんとにかなり前だけど」

「うん」

「それが？」

「ごめん」

「え？」

「いやなことをして、ごめん」

「何よ、いきなり。どういうこと？　もしかして、今も何かあるの？」

「いやいや。そういうことじゃないよ。そんなわけない」

「じゃあ、何？」

「だから、あのときは、ごめん」

「別に怒ってないわよ。今も怒ってないし、あのときもそんなに怒ってない」

「でもおれはただ説明しただけで、謝りはしなかったよな」

「だって、実際、おかしなことにはならなかったんでしょ？　なってたってこと？」

「なってないよ。ただ、二人で飲みに行ったことを、ちゃんと謝るべきではあった。何もなかったことを説明するだけじゃなくて。何もなかったんだからおれは悪くないと言うだけじゃなくて」

「だから今謝るの？」

「そう」

「何よ。どうしたのよ」

「静衣がもし昔のカレシと二人で飲みに行ってたら、おれはいやだったろうなと思って」

「わたしはそんなことしないわよ」

「わかってる。そうだよな」

「といっても、元カレが電話をかけてきたことぐらいはあるけどね」

「あるのか？」

「あるわよ」

「結婚してから？」

「してから。それは、わたしが結婚したことをその元カレが知らなかったからなんだけど」

「で？」

「で、結婚したからって言って、おしまい」

「その元カレは、よりを戻そうとしてたとか？」

「さあ。そこまでは訊かなかったわよ。どうでもいいし」

「どうでもいい、か」

それはちょっとうれしい言葉でもある。

「何で男の人って、元カノとかを引きずるのかしらね。それ、ほんと不思議」そして静衣はこう続ける。「その元カレの話もする？ 聞きたい？」

「いや、いいよ」

「と、そうなのよね」

「ん？」

「自分は元カノを引きずるくせに、カノジョの元カレの話とかは聞きたがらないの。まあ、わたしもしたくないけど。そんなの、ほんとにどうでもいいから」

「強いってことなのかな、女のほうが」

「そういうことでもないと思うけどね。弱い女だっているし」

静衣がおれを見る。あらためて、という感じに。

「何？」とおれ。

「さっき、一人で行くよって言ったじゃない。新潟に」

「あぁ。うん」

「もしかして、離婚を切りだされるとでも思った？」

ひやっとしつつ、こう返す。

「いや、思ってないよ」

「うそっぽい。ちょっとは思ってたでしょ」

ちょっとも思ってないよ、と言うつもりで口を開き。「ちょっと」のあとをこう変える。「だけだよ」

「うわ、思ってる」

「いや、だからちょっとだよ」

そう言うだけにとどめる。静衣がおれとの離婚を考えたのかは、訊かない。知りたくないから、というのもあるが、それは訊かなくていいことだ。言わせなくていいことだ。

人ともっとちゃんと向き合ったほうがいい。

白根はおれにそう言った。

正しい。

「瑞衣には」と静衣が言う。「自分の口で話してね。三人で新潟に行くことを、きちんと伝えてね」

「あぁ。うん」

瑞衣が大谷翔平と結婚してアメリカに行くことはない。その代わり、新潟に行くことになった。親であるおれが瑞衣を東京にいさせてやることすらできなくなった。残念ながら、おれは偉い父親にはなれそうもない。偉そうな父親、のままで終わりそうだ。

「あのさ」と静衣に言う。「おれが迎えに行っちゃ、まずいかな」

「ん？」

「瑞衣を、塾に」

「まずくはないと思うけど」

まずいわけがない。父親が娘を塾に迎えに行く。当たり前のことだ。おれが静衣にまかせきりにしてきただけの話。

「でも、あれじゃないかな。おれが中学に行ったときみたいに、事前に瑞衣に言わないのは、よくないんじゃないかな」

「あぁ。じゃあ、わたしがＬＩＮＥで言っとくわよ。授業中だから返事はできないだろうけど、終わったら瑞衣もすぐ見るだろうし。それでだいじょうぶでしょ、伝えておきさえすれば」

「だいじょうぶかな」

「だいじょうぶよ」

「ゲッ！　と思われないかな」

「ゲッ！　と思われるかもしれないけど、それはいいでしょ。迎えが来なくなるわけじゃないんだから、瑞衣もいやとは言わないわよ」

「なら、いいか」

「じゃ、お願いしていい？」

「ああ。ＬＩＮＥだけ、頼むな」

「うん。もう出しとく」

ということで、静衣が瑞衣にＬＩＮＥのメッセージを出し、おれが着替えをすませての午後八時四十五分。

ではなく。余裕を見て、というか見まくって、午後八時半。

おれはアパートを出る。

服装は、中学に行ったときと同じ。チノパンにポロシャツ。

あんまり早く着いちゃって、中学生を狙う不審者と思われないでよ。

出がけに静衣にそう言われたことでやや不安になりつつ、塾へと向かう。

ゆっくりゆっくり歩いて、着いたのが午後八時四十五分。

それから十分ほどで、塾生らしき子たちがバラバラと建物から出てきた。

自転車で帰る子と歩いて帰る子が半々。二台ほど、迎えの車も来てた。

おれはすぐに瑞衣を見つけ、寄っていった。

おつかれさん、と言う前に、瑞衣に言われた。

「何で？」

一瞬、ギクッとした。中学に行ったのをとがめられたときもその感じだったから。

だが瑞衣の声に尖《とが》りはなかった。何でお父さんが来たの？　という純粋な質問に聞こえた。

おれはこう説明した。

「ちょっと早く帰ったから、今日はお父さんが行くって、お母さんに」

「ふぅん」

瑞衣の反応はそれだけだ。

「じゃあ、帰るか」

「うん」

二人で歩道を歩く。

車道の両側に歩道があるのだ。この時間はそうでもないが、昼間は車もそこそこ通る。店も何軒かはある。コンビニは今も開いてる。そんな通りだから、街灯もあって、明るいことは明るい。男子なら、迎えはなしでだいじょうぶかもしれない。だが女子は、やはりちょっとこわい。

横に並ぶのはいやなのか、瑞衣はおれのちょっと後ろを歩く。左なめ後ろ、だ。もちろん、車道側がおれ。

「塾は、どうだ？」と訊いてみる。

「どうって？」と訊き返される。

「いい、のか？」

「よくわかんないよ。ほかを知らないから」

「ごめんな」

「何が？」

「すぐにやめなきゃいけなくなっちゃって」

「いいよ。塾なんて、どうしても行きたいわけじゃないし」

「そうなのか」

「決まってるじゃん。お母さんが行きなって言うから行ったの」

まあ、そうだろう。考えてみればわかる。塾に行きたい、なんて自分から言う中学生はいない。

いや、もしかしたら、今の子たちは言うのか。

「塾のこと以外も、ごめんな」

「以外って？」

「新潟」

「あぁ。別にいやじゃないよ、そんなには。転校するんだから、少しもいやじゃないとは言えないけど」

「そうだよな」

「でも新潟って、意外と町なんだね。デカいドンキもあるし」

「あるのか」

「新潟駅のそばにあるみたい。まあ、ドンキがあればどうにかなるよ。高校もさ、新潟市内に結構あるんだね」

「そうみたいだな」

「新潟ならさ、佐渡島とか、行ける？」

「行けるよ」

「じゃあ、わたし、行きたい。船、乗りたい」

「船は、お父さんも乗りたい」

JR四ツ谷駅
ベルジュ江戸川
一〇二号室
片山達児

「でも酔っちゃうかな」

「天候次第だろうな。揺れ具合は、波があるかないかで大きく変わるみたいだし」

「自信はないけど、アネロンニスキャップを飲んでがんばる」

「ん？」

「酔い止めの薬。あれは効くの。お母さんが効くって言ってたから去年のバス遠足のときに飲んだら、ほんとに効いた。全然酔わなかった」

「そうか。じゃあ、お父さんも船は自信ないから、飲むよ」

お薦めの酔い止め薬。それだって、おれが静衣について知らなかった情報の一つだ。静衣の情報であると同時に、瑞衣の情報でもある。

アパートまではあと五分。いつの間にか、瑞衣はおれの横にいる。並んで歩いてる。

といっても、意味はない。単に、ななめ後ろだと話しづらいからだろう。

もうついでなので、これも言ってしまう。

「それから、あのときもごめんな」

「何？」

「ほら、前に学校で。一学期か」

「あぁ。公開授業？」

「そう。お父さん、別に先生の質問に答えたかったわけじゃなくて。ほんとは、瑞衣の前でカッコをつけたかったんだよ」

「は？　何それ」と瑞衣が言う。

やはり怒った感じではない。呆れた感じだ。意味わかんない、という。

自分の中学時代をまた思いだす。

そのころも、よく女子とこんなふうになった。女子を呆れさせた。おれが女子に呆れたこともあったが、呆れさせたことのほうが多かったような気がする。大人になってからも、それは変わってない。おれは会社で船越由宇里に呆れたりもするが、家で片山瑞衣を呆れさせたりもするのだ。

「カッコ、ついてないんですけど」と瑞衣が続ける。

「だよな」と同意する。「お父さんも、あとでそう思った。お父さんが中学生なら、出しゃばりな親父だと思っただろうなって」

「そこまでは言わないけど。鳥海先生も、答えてくれて喜んではいたし」

「そうなのか？」

「うん。お父さんが言ったその何とかいう武将はほんとに渋いって、あとで言ってた」

「蜂須賀小六な」

「知らないけど」

「知れよ」

「だって、テストには出なそうだし」

「まあ、テストには出ないだろうな」

「何でその人が好きなの？」

「うーん。そう言われると、難しいな。何でかな。鳥海先生も言ってたけど。豊臣秀吉をしっかり支えた、頼れる人だったから、かな。ちゃんとした人だったんだ、お父さんとちがって」

「お父さんも、ちゃんとはしてんじゃん。一応」

「一応、か」

「ちゃんと会社で働いてるし」

「まあな」

飛ばされちゃったけどな、とは言わない。今は言わないが、瑞衣が大人になったら言ってみたい。四十歳ぐらいになった瑞衣に、新潟に行くことになったあのとき、お父さんは飛ばされたんだよ、と。

今の瑞衣におれが言うのはこうだ。

「もうちょっと写真とか撮っておけばよかったな」

「ん？」

「瑞衣の運動会の写真とか。まあ、お母さんが少しは撮ってくれてるけど。もっとたくさん」

「いいよ」

「え？」

「そういうのはいい。何かっちゃ写真を撮りたがる親とか、ちょっといや」

「そう、なのか？」

「うん。それは勘弁してほしい。明日穂のお父さんなんてね、すごいよ。明日穂が小学校のときまでは、各学年の運動会の写真、全部あるからね。それもさ、種目ごとにあるの。徒競走とか障害物競走とか、綱引きとか入場行進とか。そのほかに動画だってあるし。そっちはお母さんが担当」

「お母さんがそっちなんだな」

「そう。お父さんはカメラ好きなの。写真好き」

「あぁ。でもそれは、いいかもな。子どもは毎年大きくなるし。顔もちょっとずつ変わってくるし」

「撮られるほうはいやだよ。明日穂、六人で走って五位とかなのに、それを残されちゃうんだから。あとは、転んで泣いてるとことか」

「それは、確かにいやだな」

「その意味ではわたし、ちょっとお父さんに似たのかも。そういうのはあんまり好きじゃないとことか」

「好きじゃない、のか」

「うん。公開授業とかも、正直、別に来てほしくはない」

「これからはもう行かないよ」

「いいよ」

「ん？」

「来てほしくはないけど、お父さんが来たいときは来てもいい。来る前に言ってはほしいけど」

「あぁ」

「お母さんだって同じだよ。お母さん自身が来たいみたいだからそれでいい。だったら来てほしい。お母さんは来る前にちゃんと言ってくれるし」

「わかった。行きたいときは、行く前に言うよ。ちゃんと言う」

瑞衣。おれが思ってた以上に大人なのだ。いつの間にかこうなってた。女子は成長が速い。そのとおりだ。

ここで何故かＪＲ四ツ谷駅を思いだす。

おれは自身に問う。

東京でなきゃダメな理由って、何だ？

そこに無理やり自分の空間をつくる理由って、何だ？

その空間がまさに空白なら、それをつくる理由って、何だ？

問への答は出ない。出す必要もない。

代わりにおれはこんな問を口にする。

「あ、そうだ。瑞衣。ダンスの授業って、何？」

東京高速道路　ベルジュ江戸川二〇二号室　青《あお》井《い》千《ち》草《ぐさ》

午後四時半。席を立ち、緑茶が入ったステンレスボトルを持って休憩スペースに向かう。毎朝お弁当をつくるついでに自分で入れてきているのだ。お弁当はつくるのに飲みものは買う、ではもったいないから。

このボトルはとてもいい。軽くてつかい勝手がいい。朝、出勤前に入れた緑茶が、退勤時でもまだ温かい。まさに温かい緑茶として飲むのに充分な温度を何時間も保ってくれる。ちゃんと洗っていても内側に茶渋が付着するのだけが難。最近はそのきれいな落とし方をネットであれこれ探っている。

こうしてお弁当とお茶を自分で用意すると食費はかなり浮くことがわかった。月一万円はちがうのだ。いや、もっとかもしれない。

飲みものも初めはコンビニの百円コーヒーならいいだろうと思っていたが、月二十日で計算すると、それだけで二千円。日によっては二杯飲むこともあるから、まあ、三千円。まとまれば大きい。

そこにおにぎりやらサンドウィッチやらお店での外食やらが加わったら、もう大変。下手をすれば、二十日で三万円ぐらいはいってしまう。

実際、前はそうなっていた。しかたがなかったのだ。仕事が営業だったから。

営業社員がお弁当やお茶を持って外を歩きまわるわけにはいかない。いや、いかないこともないが、なかなか難しい。例えば公園でもお弁当は食べられるが、必ずしも晴れてくれるとは限らない。時季によっては暑かったり寒かったりもする。

何よりもまず、荷物が多くなる。いつもやけに大きなかばんを持って訪ねてくる営業担当者。それはさすがに野暮ったい。頂けない。

わたしが勤めるここは、繊維やその製品を扱う会社だ。神保町にある。わたしは篠崎から都営新宿線で通っている。アパートから駅までは二十分歩くが、乗ってしまえば一本なので、楽は楽だ。

去年の三月までは営業部にいたが、四月に営業サポート部へ異動、あまり外に出なくなった。ほぼ一日社屋にいることになったのだ。

ならばと試してみた。お弁当をつくるようになった。コーヒーも、コンビニで買うのでなく、ステンレスボトルに入れるようになった。

そう。初めはコーヒーだったのだ。だが時間が経つとどうしても風味が落ちるので、緑茶に替えてみた。そちらのほうがまだいいような気がした。結果、今も緑茶。コーヒーのときもボトルの内側に茶色い汚れは付着していたから、替えたことでのマイナスはない。

お弁当持ち通勤、にもすっかり慣れ、わたしは三十歳になった。最近はもう、あまり外食にときめかない。

営業で外まわりをしていたときは、ランチが楽しみだった。ランチだけが楽しみだった、と言ってもいい。それを自分へのごほうびととらえるようなところもあった。

今はそういうのがなくなった。あれ食べたい、これ食べたい、よりも、高い、もったいない、が先に来るようになった。

休日に外出するときも、セルフのうどん屋さんに行くことが増えた。例えば映画を観に行く際も、映画館の近くによさげなお店があるか、ではなく、セルフのうどん屋さんがあるか、を調べるようになった。ランチに千円かけるならうどんで充分、と思うようになったのだ。

テーブルとイスがあるだけの休憩スペースで、蓋を兼ねた小さなカップに緑茶を注ぐ。

一口飲む。少し温度は下がっているが、まだまだ温かい。

本当は気分転換にちょっと外に出たいところだが、それはできない。神保町のこの辺りは、近くに公園のようなものがないのだ。さすがに靖国通りを渡って行こうとまでは思わない。そんなことをしたら、移動だけで休憩時間が終わってしまう。

緑茶をもう一口飲み、ふうっと大きく息を吐く。

うん。だいじょうぶ。緑茶はおいしいし、気持ちも落ちついている。先週と何も変わっていない。重松《しげまつ》栄太《えいた》と別れたことは大して響いていない。

三十歳でカレシと別れるのはきつい、とは思う。だがそれだけ。別れなければよかったとは思わない。

別れたのは土曜日だ。デートの最後に別れた。デートをしていたのだから別れるつもりでいたわけではない。結果的にそうなった。

栄太とは、マッチングアプリで知り合った。どちらも映画が好きということで、話が合ったのだ。案外簡単に知り合い、案外簡単に付き合った。

が、そこからはやはり簡単ではなかった。

そもそも、たいていの人は映画が好きだ。映画は嫌い、という人のほうが少ない。大事なのはその映画のなかでの好み。映画は好きだが好きな映画はちがう、となるとむしろ面倒だったりする。そしてそこまでの細かなことは、結局、会ってからでないとわからないのだ。

栄太はわたしより二歳上。サッシをつくる会社に勤めていた。住んでいたのは、ＪＲ総武線の両国。だから栄太は墨田区で、わたしは江戸川区。そんなに離れてはいなかった。

デートは映画館がある日本橋ですることが多かった。錦糸町にも映画館はあるが、デートならそちら、ということで日本橋。栄太もわたしもそれぞれＪＲ総武線と都営新宿線一本で行けたので、たまには新宿に足を延ばすこともあった。

付き合ったのは半年。わたしは二十九歳で付き合い、三十歳で別れた。栄太のほうは、わたしと付き合いだしたのも別れたのも三十一歳。付き合っているあいだに誕生日は来なかった。

だから栄太に誕生日のプレゼントを渡したことはない。自分がもらっただけ。申し訳ないので返そうかとも思ったが、それはそれできついのでやめておいた。ブランドものだがそこまで高くはなさそうなポーチだから、まあ、いいだろう、と判断した。まだつかってはいない。この先もつかわないかもしれない。

別れた原因はこれ。栄太がマッチングアプリに登録したままだったから。

簡単に言うとそうなる。わたしは退会していたが、栄太はしていなかったのだ。

カレシカノジョができたら退会しなければならないわけではないし、お互い退会しましょう、という約束をしていたわけでもない。

だがわたしは当たり前に退会した。そうするべきだと思った。カレシができたから、もうマッチングアプリは必要ない。だから退会する。簡単にできるのだから、する。

栄太はそう思わなかったらしい。

わたしにそれを隠していたとか、そういうことでもない。むしろ隠さなかった。

デート中、映画を観たあとに入った日本橋のカフェで、栄太は小さなテーブルにスマホを置いていた。

その画面に、見慣れたアプリのアイコンがあった。わたしたちが利用したマッチングアプリのそれだ。

もちろん、盗み見たわけではない。たまたま気づき、あれっと言ってしまった。スマホは反対向きに置かれていたが、それでも気づくのだ。わたし自身、しばらくは毎日のようにアプリをつかっていたから。

「何？」と栄太は言った。

「まだつかってるの？」とわたしは尋ねた。「というか、残してるの？　アプリ」

「あぁ。うん」

そこでは別に責める気もなく、こう言った。

「男性はお金がかかるんだよね。もったいなくない？」

「そうなんだけど。有料プランが自動更新されちゃってさ。おれは、利用期間が過ぎたら自動的に解約されるものだと思ってたの。でも退会は、無料会員になってからじゃないとできないらしいんだよね。まあ、手続き自体は簡単なんだけど。で、おれは六ヵ月のプランでやってたから、その分とられちゃって。すぐに解約して退会しても返金はされないらしいんで、残してある」

「あぁ。そういうこと」

と言いはしたが、思った。それでも残しておく必要はないのではないかと。

なるほど、今回はたまたまそんなことになったのね、とすんなり納得してしまいそうになるが、よく考えればわかる。

要するに、こういうことだ。六ヵ月のプランを契約し、一ヵ月でカノジョができたとしても、残りの五ヵ月は退会しない。何故なら、別れる可能性もあるから。それでまた契約し直すのは損だから。栄太はそう考えている。と。

有料の男性会員ならそう考えてしまうのかもしれない。それを、無料の女性会員だったわたしがとやかく言うべきではない。だが、その感覚はちょっといやだな、とは思ってしまう。それはそうだ。ある意味、別れることも想定しながらわたしと付き合っている、ということなのだから。わたしと付き合いながらほかの女性との可能性も探る。栄太がそんなことをするとは思わない。ただ、そんなことをする人ではないと言いきれるほど、わたしが栄太を知っているわけでもない。アプリを残しているのを栄太が隠そうとしなかったのはいい。わたしの前でも無造作にスマホを置いていた。隠すつもりはなかったということだ。それは評価できる。

が、ものごとの考え方は、ちがうのかもしれない。そこは男女間に限らず、人と人の関係の基礎になる部分なので、ちがうまま先へと進むことはできないかもしれない。

わたしはそう思ってしまった。

そこでの話はそれで終わった。

その後、わたしたちは人形町の辺りをぶらぶらと歩いた。水天宮のほうをまわり、日本橋に戻ってどこかでお酒を飲むつもりだった。

結局は、飲まなかった。

東京証券取引所の前を歩いて昭和通りに出たところで、わたしは栄太に言った。その日のうちに直接言ってしまおうと思ったのだ。あとでＬＩＮＥで伝えたりするのはいやなので。

「ごめんなさい。わたし、ダメかも」

「ん？　何？」

「重松さんとは、やっていけないかも」

「あぁ」しばしの間を置いて、栄太は言った。「そういうことか」

「さっきからずっと考えてた」

「さっきから」

「うん。歩いてるあいだ、ずっと」

「何、おれがアプリを残してたのが、いやだった？」

ここは変にごまかさずにはっきり。そう自分に言い聞かせて、言った。

「ちょっと」

はっきり、のつもりだが、弱めた。どうしても遠慮は出た。一応、カレシなのに。

「残してあるだけで、もちろん、つかってはいないよ。ほかの人と連絡をとったりはしてない」

「そうでしょうけど」

「何なら見せてもいいよ」

「いえ、それは。そういうことを疑ってるわけではないから」

「なのにダメなんだ？」

「ダメというか」

その先、言葉は出なかった。結局、思ったことを思ったとおりに話せる関係にはなれていないのだと、このときはっきり思った。

いやな間ができた。わたしたちはそこで立ち止まった。

郵便はがき

おそれいりますが
切手を
お貼りください

102-8519

東京都千代田区麹町4−2−6
株式会社ポプラ社
一般書事業局　行

お名前	フリガナ	
ご住所	〒　　-	
E-mail	@	
電話番号		
ご記入日	西暦　　年　　月　　日	

上記の住所・メールアドレスにポプラ社からの案内の送付は必要ありません。□

※ご記入いただいた個人情報は、刊行物、イベントなどのご案内のほか、お客さまサービスの向上やマーケティングのために個人を特定しない統計情報の形で利用させていただきます。

※ポプラ社の個人情報の取扱いについては、ポプラ社ホームページ（www.poplar.co.jp）内プライバシーポリシーをご確認ください。

ご購入作品名

■この本をどこでお知りになりましたか？

□書店（書店名　　　　　　　　　　　　　　　　　　　　　　　）

□新聞広告　□ネット広告　□その他（　　　　　　　　　　　　　）

■年齢　　歳

■性別　　男・女

■ご職業

□学生（大・高・中・小・その他）　□会社員　□公務員

□教員　□会社経営　□自営業　□主婦

□その他（　　　　　　　　　　　）

ご意見、ご感想などありましたらぜひお聞かせください。

ご感想を広告等、書籍のPRに使わせていただいてもよろしいですか？

□実名で可　□匿名で可　□不可

一般書共通

ご協力ありがとうございました。

土曜日の昭和通り。三越や高島屋がある中央通りとちがって、オフィス街。人通りは少なかった。歩道はそれなりに広いので、男女が立ち止まっても通行人の邪魔にはならない。

「別れるってことなんだよね？」と訊かれ、

「うん」と答えた。

「何かきついな。デートでこうなるのは、きついわ」

「ごめんなさい」とまた謝った。「初めからそのつもりでいたわけではないんだけど」

「まあ、そうだろうね。もしそうなら映画は観ないだろうし」そして栄太は言った。「次はさ、そういうの、ちゃんと言ったほうがいいと思うよ」

「え？」

「退会させたいなら、退会してって」

「あぁ」

「おれみたいに、そんなの別に問題じゃないと考える男はたくさんいるだろうから」

　そうだろうか。男性はそう、なのだろうか。

　自分と付き合ったあとに相手が退会していないと知って怒る人。それは女性より男性のほうがずっと多いような気がする。

「結果的に退会しなくてよかったってことか」と栄太は笑み混じりに言った。「これでまたアプリをつかうから」

　わたしに返せる言葉はなかった。

と、まあ、そんな流れ。

わたしはマッチングアプリのおかげで栄太と付き合い、マッチングアプリのせいで栄太と別れたのだ。

付き合うのも案外簡単だったが、別れるのも案外簡単だった。変にあとを引かない。それはいいことだ。

だがわたしたちはたまたまそうだっただけかもしれない。ようやく出会えた趣味が合う相手に変に執着してしまう人も、なかにはいるかもしれない。

わたしの場合は、栄太にそこまで惹かれていなかったということだろう。アパートには一度も呼ばなかったことがその証拠だ。

２ＬＤＫ。呼ぼうと思えば呼べた。が、呼ばなかった。まだ自分の空間に招き入れる気にはならなかったのだ。

緑茶が入ったカップをテーブルに置いて、スマホを見る。

メールが来ている。ＬＩＮＥのメッセージではない。メール。久しぶりだ。

着信は一時間前で、相手もやはり久しぶり。

阿《あ》南《なん》善《ぜん》吾《ご》。

なるほど。だからメールなのだ。善吾と接していたときはまだＬＩＮＥをつかっていなかったから。

わたしはつかっていたような気がするが、善吾がつかっていなかった。確かＬＩＮＥ自体、普及しだしたのがそのころなのだ。わたしたちが大学生のころ。

何にしても、懐かしい。善吾はわたしと同い歳。大分から出てきていた。

阿南は大分に多い名字だそうだ。阿南市というのが徳島県にあるが、そこで多いわけではない。豊後国の氏族である阿南氏がルーツになっているのだと、善吾自身が言っていた。

と、そんなことよりもまず、メールの内容だ。

長かった。文字が詰まっていた。

青ちゃん、久しぶり。阿南です。いきなりのメールですいません。

とのあいさつでそのメールは始まっていた。わたしが青井《あおい》だから、青ちゃん。その呼び名も懐かしい。下の名前が千草《ちぐさ》だから、わたしはそのまま千草やチーちゃんと呼ばれることが多い。青ちゃんと呼んでいたのは、善吾たちだけだ。

メールはこう続く。

僕を覚えてるかな？　というのもあるけど、琴《こと》ちゃんを覚えてるかな？　藤本琴奈《ふじもとことな》さん。インズで一緒に働いてた琴ちゃん。社員さんの。

知ってたらごめん。たぶん、知らないと思うので、お伝えします。

琴ちゃん、亡くなったらしいです。

僕も偶然知りました。

琴ちゃんの友だちでたまにお客さんとして店に来てた森沢君葉《もりさわきみは》さんが僕の友だちの竹田光興《たけだみつおき》と付き合ったのは覚えてるかな？　その関係で森沢さんから聞きました。

だから事実です。森沢さんも事情はよく知らないようですが。もう五年ぐらい経ってるみたいです。

バイトを辞めてから琴ちゃんとは会ってませんが、結構衝撃で。

どうしようか迷いに迷った末、青ちゃんにも伝えさせてもらいます。知らないよりは知ってたほうがいいような気がするので。

と、こんな話のあとに言うのも何ですが。

青ちゃんは元気だといいです。

では。

メールはそれで終わっていた。所々に丁寧語が交ざるメールらしい文面だ。関係がそこまで近くない相手に出すメールは、どうしてもそんな感じになる。

というそれはいいとして。

衝撃だった。

結構どころではない。かなりの衝撃。琴ちゃんもわたしと同い歳。今年三十になる歳なのだ。

それが。

琴ちゃん、三十にならなかったのか。

五年前に亡くなったのだとしたら、二十五にもならなかった可能性がある。琴ちゃんの誕生日は十二月なので。

誕生日とクリスマスが近いからお祝をよく一緒にされてしまうのだと琴ちゃん自身が言ってい

た。だから覚えている。

それにしても、琴ちゃん。ほんとに？　どうして？

メールに出てきたインズというのは、銀座インズだ。東京高速道路の高架、その下にある商業施設。地下一階と一階と二階。多くの物販店や飲食店が入っている。

わたしたちは、かつてそこの二階にあった洋風居酒屋で一緒に働いていたのだ。

店も今はもうない。それは知っている。何年か前になくなったはずだ。

気になる。そして、こたえる。

琴ちゃんの死。二十代半ばでの、死。

あまりいい想像はできない。もし原因が病気なら、その森沢君葉さんがそうだと知っているだろう。事故だとしても、知っているだろう。知っていたら、善吾にもそのことを伝えていたはずだ。病気と事故。それ以外、をどうしても想像してしまう。

たかだか十分の休憩時間でこれはきついな、と思う。十分ではとても受け止めきれない。消化できない。消化は、一日でも二日でもできないだろう。

このあと仕事に戻っても、まちがいなく考えてしまう。下手をすれば、そのことばかり考えてしまう。カレシと別れたうえにこれは、本当にきつい。

休憩はあと五分。どうしようかと思い、善吾に返事のメールを出す。

内容はこうだ。

お久しぶりです。青井です。メールありがとう。

琴ちゃん、そうなんだね。驚きました。すごくどころじゃなく、ものすごく。

森沢さんと竹田くんのことも覚えています。

善吾はまだあの会社にいるのかな？

わたしはずっと同じ会社にいます。確かにこの話のあとではちょっと言いづらいですが、一応、元気です。

悲しいね。琴ちゃん。


都営新宿線に乗り、篠崎へと向かっている。ドアのわきに立ち、窓の外を眺めている。といっても、そこは真っ暗だ。地下だから。

都営新宿線は地下鉄だが、大島と東大島のあいだで外に出る。高架を走るようになる。

東大島では、駅が旧中川をまたいでいる。川の上に駅があるのだ。だから出入口は駅の両側に設けられている。西側が大島口、東側が小松川口。その二つは区が別。大島口は江東区で、小松川口はわたしも住む江戸川区。つまり、両側から上ってきた二区民がホームで交ざり合うのだ。ちょっとおもしろい。降りたことはないが。

善吾からメールをもらったあと、仕事は予想どおり手につかなかった。琴ちゃんのことを、どうしても考えてしまった。やはり、二十代半ばで亡くなった、というのが大きかった。

善吾は次のメールもくれた。わたしが出した返事への返事。そのメールは、午後六時半すぎ、わたしがうわの空でしていた仕事をちょうど終えたときに届いた。善吾も同じタイミングで仕事を終えていたのかもしれない。

帰り支度をする前に、自分の席でそれを読んだ。

確かに悲しいね。二十代でって、何？

との言葉でそのメールは始まっていた。

こちらこそ、メールありがとう。青ちゃんが知らなかったのなら、伝えてよかったです。悲しみまで同時に伝えてしまったのは申し訳ないですが。

ちなみに、森沢さんと光興はもう別れてます。付き合ったのは二年ぐらいだったのかな。理由はよくわかりませんが、そんなに悪い別れ方ではなかったみたいです。どちらかの浮気とか、そういうことではなかったのかと。

だから森沢さんも、たまには僕にまでメールをくれます。あの飲み会のあとにアドレスは交換してたので。

それで琴ちゃんのことを知りました。

森沢さんも、琴ちゃんとは高校の同級生。地元が同じで小学校中学校も同じ、というわけではないので、最近知ったらしいです。で、やっぱり衝撃を受けて、琴ちゃんとはバイト仲間だった僕にも教えてくれました。

知ったのは、そんな経緯でです。

森沢さんも、琴ちゃんが亡くなる一、二年前からはもうそんなに会ってなかったようですが、

東京高速道路
ベルジュ江戸川
二〇二号室
青井千草

それでもすごく悲しんでました。そうなりますよね。バイトが同じだった僕ら（琴ちゃんは社員さんですが）でさえ、こんなに悲しいんだから。

メールをそこまで読んで、わたしもはっきり思いだした。

森沢さんと竹田くんは、善吾主催の飲み会で知り合った。合コンとまでは行かない飲み会だ。二対二。参加したのは、琴ちゃんと森沢さんと善吾と竹田くん。

善吾が琴ちゃんを狙っていたということではない。琴ちゃんが善吾を狙っていたということでもない。店にお客さんとして来ていた森沢さんが琴ちゃんに提案したのだ。阿南くんも誘って今度飲みに行こうよ、阿南くんにも誰か友だちを呼んでもらってよ、と。

わたしはその会にいなかった。青ちゃんも来なよ、と琴ちゃんは誘ってくれたのだが、琴ちゃんと善吾とわたし三人の休みを合わせることはできなかったのだ。できたとしても、参加はしなかったと思う。そもそもが四人想定の飲み会を五人のそれにしてしまうつもりはなかったから。

そしてその飲み会をきっかけに、森沢さんと竹田くんが付き合った。話の流れからして、森沢さんが善吾を気に入ったのだと思っていたが、そんなことではなかったらしい。

当時は大学四年生。森沢さんは靴を売る会社へ、竹田くんはスポーツ用品をつくる会社への就職を決めていた。森沢さんの会社の店で、竹田くんの会社のスニーカーを扱ってもいた。そんなこともあって話が合い、気持ちも合ったのだ。

このメールで、善吾は自身の現況も教えてくれた。

わたし同様、大学卒業後に入った会社に今もいるという。バルブをつくる会社だ。

善吾は初め東京営業所にいたが、三年で横浜営業所に異動した。それを機に、稲荷町《いなりちょう》のアパートから、横浜市営地下鉄のセンター南というところにあるアパートに移ったらしい。都民だったが、今は神奈川県民なのだ。

それを受け、わたしもメールであらためて自身の現況を伝えた。神保町の本社にいて、都営新宿線の篠崎のアパートに住んでいると。

篠崎だけだとわからない人もいるので、善吾が、横浜市営地下鉄の、を付けてくれたように、都営新宿線の、を付けた。端なので、都民でさえ知らない人もいるのだ。そんなことはよくある。東京の東側の人は西側のことをわからなかったりするし、西側の人は東側のことをわからなかったりする。

森沢さんと竹田くんの話も出たので、自分がカレシと別れたことも伝えた。一昨日別れたばかりです。別れたて。ほやほやです。と。さすがに、マッチングアプリで付き合い、マッチングアプリで別れたことまでは明かさなかったが。

琴ちゃんの携帯電話の番号を、わたしはまだ残していた。だから、会社を出て神保町駅へ行くあいだに思いきってかけてみた。

もちろん、つながらなかった。番号がつかわれていない旨を知らせる機械的なメッセージが流れてきただけ。

その機械感が琴ちゃんの死の印象をより強くした。平板な口調で、琴ちゃんはすでに亡くなっております、と続けられそうな気さえしたので、すぐに通話を切った。

あぁ、琴ちゃんは本当にいないんだ、と思った。自分の心から大事な塊を一つ削りとられたような気がした。

琴ちゃんと善吾。どちらとも、わたしはまったく同じ日に知り合った。

善吾とわたしは大学生。通う大学はちがった。善吾は経営学部生で、わたしは経済学部生。善吾は稲荷町から表参道まで、わたしは千葉県の南船橋から池袋まで通っていた。

どちらも大学から自宅までのあいだに銀座があった。つまり、大学生がアルバイトをするのにちょうどいい位置にあった。善吾は銀座線を銀座で降り、わたしは有楽町線を銀座一丁目で降りてアルバイト。ともにそう考えたわけだ。

稲荷町は上野の隣。歩いても行ける。だから上野でアルバイトをしてもよさそうなものだが、上野なら銀座かな、と善吾は言っていた。わからないではない。

わたしは乗り換え駅が新木場。そこに大学生がアルバイトをするようなところはほとんどない。だから銀座。

大学二年生の夏休み。わたしたちがともに選んだのが、銀座インズに入っていた洋風居酒屋だった。ちょうどアルバイトを複数名募集していたのだ。

アルバイトを始めた時期も同じで、店に入った日も同じ。善吾とわたしはそんなふうに知り合った。

そしてその店に藤本琴奈さん、琴ちゃんがいたのだ。社員さんとして。

同い歳。誕生日が十二月の琴ちゃんはまだ二十歳になっていなかった。

お酒が飲める歳でなければ居酒屋では働けない、ということはない。琴ちゃんはその一年ぐらい前から働いていたらしい。アルバイトから社員になったのではなく、初めから社員として採用されたのだ。

店にいた社員さんは、高坂哲広《こうさかてつひろ》店長と琴ちゃんと料理人の寺西春臣《てらにしはるおみ》さんと横溝秋継《よこみぞあきつぐ》さんの四人。あとは全員アルバイトだった。そのほとんどが善吾やわたしのような大学生だ。

春さん秋さん。料理人の春秋コンビ。それもまた懐かしい。

当時は春さんが二十代後半で、秋さんが三十代後半だった。十歳ほどちがうわけだが、二人の仲はとてもよかった。秋さんが面倒見のいい兄貴で、春さんがちょっとやんちゃな弟、という感じだった。

まあ、それはいい。

ホール担当である琴ちゃんが善吾とわたしの指導係になった。

琴ちゃんはすごく丁寧に仕事を教えてくれた。同い歳とはいえ社員さんだから上からきてもいいのだが、そういうことは一切なかった。

実際、わたしたちにも、初めは敬語で話した。

だからわたしは琴ちゃんが自分より歳下なのだと思っていた。歳下だから善吾やわたしにも敬語をつかうのだろうと。

だがしばらくして同い歳であることがわかった。

そこで自分から言った。藤本さんは敬語じゃなくていいですよ。

それを聞いた琴ちゃんはきょとんとしていた。そのきょとんは、同い歳ながらかわいかった。

そして琴ちゃんは言った。あぁ、ごめんなさい。いやですか?

というそれもまた敬語っぽかった。

いやではないですけど、藤本さんは社員さんだし、とわたしは言った。

タメ口でいいですよ、もっと偉そうにしてくれていいですよ、と、これは善吾が言った。そして声を潜めてこう続けた。例えば店長みたいに。

琴ちゃんは一瞬驚いたが、いや、冗談ですよ、と善吾が言うと、すぐに笑った。その笑い方もかわいかった。

その笑顔でわたしは理解した。この人は本当にもめごとが嫌いなのだと。

それはアルバイトを始めてすぐに感じていたが、そこで確信した。アルバイトの善吾が高坂店長の悪口を言ったのかと一瞬不安になり、そうではないとわかって見せた、その晴れやかな笑顔で。

いきなりは無理だったらしく、琴ちゃんは少しずつ敬語をタメ口に変えてくれた。その少しずつ変えていく感じがおもしろかった。こうしてもらっていいですか?　と言ったあとに、あ、ごめん、こうしてもらっていい?　と言い直したりするのだ。言っちゃったらいちいち直さなくていいよ。善吾とわたしはいつもそう言った。

敬語からタメ口への移行が完了したころには、わたしたちは友人のようになっていた。

琴ちゃんはわたしを青ちゃんと呼び、善吾を善くんと呼んだ。善吾とわたしは琴ちゃんを琴ちゃんと呼んだ。社員にそれはやめてくれと高坂店長に言われるかと思ったが、そんなことはなかった。

高坂店長は、わたしたちよりちょうどひとまわり上。頭が固い人ではなかったが、仕事面では厳しいところもあった。たまにはアルバイトのわたしたちに無茶な要求をしてきたりもした。そんなときにあいだに立ってくれたのが琴ちゃんだ。琴ちゃんはわたしたちアルバイトの話もちゃんと聞いてくれた。必要なら高坂店長にそれを伝えてくれもした。

わたしも一度、本当に困ったことがあった。

その日は大学の後期試験だから前日は休みにしてほしいと高坂店長に伝えていたにもかかわらず、出番にされていたのだ。

確かに伝えたのだが、高坂店長は聞いてないと言った。そんなはずはなかった。たぶんだが、同じ日に善吾も試験で休むことになっていたので、しれっとわたしを出番にしたのだ。わたしなら押しきれるだろうと思って。無理をしてでも出てくれるだろうと思って。

実際、いつものわたしならあっさり押しきられていたかもしれない。無理をしてでも出ていたかもしれない。琴ちゃんほどではないが、わたしも強く押されると弱いので。

ただ、その試験は本当に大事なものだった。出席していればオーケー、の類ではない。すべて出席していても試験の成績が悪ければ容赦なく落とされる。それでいて、必修。絶対に落とせない科目だったのだ。

だから高坂店長に再度直談判した。

横で話を聞いていた琴ちゃんが、わたしが出ますよ、と言ってくれた。その日、琴ちゃんは休みの予定だったのだ。

社員さんがアルバイトの代わりに出勤する。そんなことは滅多になかった。社員さんは社員さんで休みをまわし、アルバイトはアルバイトで休みをまわすようになっていたので。

それはいいよ、と言いたいところだったが、甘えてしまった。

琴ちゃんには何度も謝り、何度もお礼を言った。

いいよいいよ、と琴ちゃんは言ってくれた。わたし、特に予定はなかったし。青ちゃんはいつも休まないでちゃんと出てくれるし。それに、店長のミスは社員がカバーしなきゃ。

えっ？　と言ったわたしに、琴ちゃんはこう言った。だって、青ちゃん、店長にちゃんと言ったんでしょ？

うん、言ったと思う、と返した。

わたしもそうなんだと思う。たぶんね、店長が忘れたんだよ。店長、時々そうやって、大事なことをうっかり忘れちゃうの。だからわたしが出る。青ちゃんは何も悪くないよ。でも店長も責めないであげて。

と、このときはそんな感じだった。

もちろん、わたしは店長を責めなかった。悪口を言ったりもしなかった。休めさえすればそれでよかったのだ。

琴ちゃんとは、いろいろな話をした。

休憩が重なることはあまりなかったので、仕事の合間に話すことが多かった。例えば開店直後とか、ちょっとした手すき時間とか。

雨の日などのお客さんが少ないときは、結構話した。

高坂店長もわたしたちに私語を禁じたりはしなかった。お客さんにも聞こえてしまうほどの声で話さなければ、注意されることはなかった。にぎやかな店、明るい店、を目指していたから、そのあたりは容認してくれていたのだ。

わたしが最もよく話したのは善吾だが、それ以外のアルバイトの人たちとよりは、琴ちゃんとのほうが多く話した。

とはいえ、琴ちゃんはやはり社員さん。立場のちがいは明確にあった。

琴ちゃんはいつもアルバイトをたすけてくれた。守ってもくれた。

たまには、注文まちがいなどでお客さんが怒ってしまうこともあった。店側のミス。お客さん自身の勘ちがい。半々だったと思う。

どちらであるにせよ、琴ちゃんはすぐに駆けつけてくれた。それを見過ごすようなことは一度もなかった。親しかった善吾やわたしのもとへだけでなく、全アルバイトのもとへ駆けつけた。そこで差をつける琴ちゃんではないのだ。

そして駆けつけた琴ちゃんが何をしたかといえば、ただひたすら謝った。それだけ。だが絶対にしてくれた。自身が休憩中でも、もめごとの気配を察すれば出てきてくれた。アルバイトと一緒に謝ってくれた。原因がお客さん自身の勘ちがいであってもだ。

こうなると、どっちが悪いとか、そういうのはもう関係ないもんね、と琴ちゃんは言った。だって、自分がお客さんでいるときに怒りたくないよ。怒ってお店を出たくないよ。わたしはお客さんにそうさせたくない。

それが正しいやり方なのかはわからない。自身が勘ちがいをしたお客さんにも謝らなければいけないのか。難しいところだ。

実際、変に食ってかかるアルバイトもいた。例えば、善吾やわたしより一歳下の曽我《そが》みく。彼女はいつもこの手のことで琴ちゃんに文句を言った。

お客さんの勘ちがいなのにこっちが謝るんですか？　お客さんはそんなに偉いんですか？　何を言われてもペコペコしなきゃいけないんですか？　それも時給に含まれてるんですか？

そういうわけじゃないけど、と琴ちゃんは返した。だがいつもそこまでだった。そういうわけじゃないけど、ほかのお客さんもいるお店なんだから、無駄にことを荒立てないで穏やかにやって、とは言わなかった。

上に食ってかかるのはいい。下だからってわたしは黙ってませんよ、いいようにやられたりはしませんよ、という姿勢を見せたいならそれでもいい。みくのタチが悪いのは、変に食ってかかるところだ。そう。変に。

みくも、高坂店長には言わない。言いやすい琴ちゃんにだから言うのだ。この人は言い返してこないとわかってるから。要するに、甘く見てるから。

そういうのは、見ていてあまり気分がいいものではなかった。だがみく自身は気分がいいのだろうな、と思った。琴ちゃんの代わりにわたしがこう言ってやりたかった。
そうですよ。お客さんの勘ちがいなのにこっちが謝るんですよ。お客さんはそんなに偉いんですよ。ある程度は何を言われてもペコペコするんですよ。それも時給に含まれるんですよ。あなたはアルバイトで、結局は社員さんに尻拭いをしてもらえることがわかってるからそう言えてるんですよ。あなたと琴ちゃんは立場がちがうだけですよ。

そんなようなあれこれで、琴ちゃんは、このみくに本当に振りまわされていた。

みくは、注文まちがいをしたのは自分なのに、同じような文句を琴ちゃんに言ったこともあった。ミスをしたのはこっちだとしてもお客さんにあそこまで強く怒られる必要はない、との理屈で。

そのときはさすがにわたしも言った。そのお客さんが帰り、みくが琴ちゃんに文句を言い終えたあとに。琴ちゃんの前でではなく、みくと二人になったときに。ねぇ、曽我さん、それはちがうんじゃないかな、と。

は？　とみくは言った。同じアルバイトに言われたくないんですけど。社員に媚びてる人に言われたくないんですけど。歳上だからとか先に店に入ってるからとか、そういうの関係ないですよ。バイトはバイトですからね。

それでわたしもすんなり引いた。あとはもう何も言わなかった。この人には何を言っても無理だと思って。

その後、みくは、店に来たお客さんと付き合うようになり、アルバイトを辞めた。

自身の勘ちがいなのに琴ちゃんに文句を言ったことがあるお客さんだった。すぐに勘ちがいだと判明したのだが、琴ちゃんに謝りはしなかった。だがそれからも来店し、今度はみくに声をかけたわけだ。

正直、みくが辞めてくれてほっとした。残念ながら心が狭いわたしは、琴ちゃんにもそう言ってしまった。

琴ちゃんはこう言った。わたしは辞めてほしくなかったなぁ。曽我さんみたいに強い人は好きだもん。歳下だけど、憧れるよ。

偽ったわけではない。たぶん、琴ちゃんは本気でそう思っていた。

だからわたしも、ああいうのは強さではないと思うよ、とは言わなかった。それを言ったのは、善吾にだ。

まあ、強さの一種ではあるけどね、と善吾は言った。ああいう人って、やり過ぎなければ勝ちつづけるから。といっても、たいていはいつかどこかでやり過ぎちゃうけど。

琴ちゃんと話したことでわたしが一番よく覚えているのは、これだ。

雨の日。珍しく琴ちゃんと帰りが一緒になった。

閉店は午後十一時。わたしはいつも午後十時までなのだが、その日は勤務時間の調整だか何だかで、社員の琴ちゃんも十時で上がった。雨でお客さんが少なかったからでもあるのかもしれない。

着替えをすませ、二人で店を出た。

琴ちゃんが利用するのは東京メトロ丸ノ内線の銀座駅で、わたしが利用するのは東京メトロ有楽町線の銀座一丁目駅。

琴ちゃんは銀座一丁目側へまわってくれた。そちらの階段を下りてくれた。地下からも行けるのだが、一度外に出た。雨がまだ降っているかを見ようとしたのだ。

降っていた。しかも本降り。いや、土砂降り。だから雨だったことまで覚えているのだと思う。

そこは東京高速道路の高架下なので、わたしたちは傘を差さなくても濡れなかった。

琴ちゃんは歩道に出ると、インズの出入口のほうに振り返って、言った。

「ここって、住所がはっきりしてないじゃない」

「あぁ。うん」

そうなのだ。そこは、住所を言うなら、銀座西二－二先。先、という文字が付く。

つまり、無番地なのだ。銀座西という地名も、今はない。東京高速道路は川や濠を埋め立てて造られたからそうなったらしい。番地は初めからなかったのだ。

「わたしね、銀座で働きたかったの」と琴ちゃんは言った。

「どうして？」

「ほら、わたし、住んでるのが新中野でしょ？　だから、お母さんと買物するときは新宿にばっかり行ってたの。近いから」

「まあ、新宿があれば、そこを越えてこっちに来る必要はないもんね」

「でも小学校四年生のときかな、初めて銀座に来たのね。お母さんが今日は銀座って言って。それで、あちこち歩いたの。歩行者天国になってる中央通りとか、並木通りとか。松屋とか、文房具の伊東屋とかにも行ったし。そしたらもう、気に入っちゃって」

「町が？」

「うん」

「四年生なのに」

「うん。だって、新宿よりずっときれいだし、華やかだし。うわぁ、わたしここ好きって思った。それからは、買物のたびに銀座に行こうよって言ったんだけど、お母さんは、近いから新宿でいいって。新宿のほうがお店も多いしって」

「そう、なのかな」

「だからね、わたし、いつか銀座で働こうと思ったの。そしたら毎日行けるから」

「おぉ」

「だけど、高校生ぐらいでわかった。あぁ、わたしは頭がよくないから銀座にある会社とかには入れないんだなって。で、ものを売るお店とかご飯屋さんとかならだいじょうぶかもって思った」

「あぁ。それで」

「そう。今のお店。社員になれそうなところを探したの。でも意外となくて。ここを見つけるまで時間がかかっちゃった。だから、探してるあいだは新宿の居酒屋でアルバイトをしてた。接客を経験しとこうと思って。実際、役に立ったよ。接客は今やってますって、面接のときに言えたから」

「じゃあ、よかったね」

「うん。よかった。ただ」

「ただ？」

「やっと銀座で働けたと思ったら、正式には銀座じゃなかった。銀座西って、何？」

「いや、でも銀座でしょ。ここを銀座じゃないと思ってる人なんていないよ」

「そうかなぁ」

「そうだよ。だって、銀座インズって言ってるわけだし。むしろ、銀座西だとか、先が付くだとか、そっちを知ってる人のほうが少ないでしょ」

「でも、まあ、何かわたしっぽい」と琴ちゃんは言った。

どういう意味かはよくわからなかったが、琴ちゃん自身が笑っていたので、わたしも笑った。

雨の夜に笑っている琴ちゃん。その印象は、何故か強く残っている。

実際、このときのことは、こうなる前から、つまり琴ちゃんが亡くなったのを知る前から、たまに思いだすことがあった。

といっても、半年に一度とかそのぐらい。だが定期的に思いだしてはいた。そのたびに、琴ちゃんどうしてるかな、と思った。琴ちゃんが五年前に亡くなったのなら、亡くなったあともわたしはそう思っていたということだろう。

わたしたちが一緒に働いていた洋風居酒屋はもうないが、もちろん、銀座インズはまだある。

同じく東京高速道路もまだある。

が、後者は、今後なくなることが決まっている。首都高速道路の日本橋区間地下化に伴い、廃止されてしまうのだ。

東京高速道路は現在の自動車道から歩行者中心の公共的空間に転換する、との方針を東京都が示した。計画はすでに動きだしている。道路であった部分は、そのもの歩行者天国のようになるわけだ。

そうやって、町は少しずつ変わっていく。だいたいはいいほうへ。だがたまにはやり方をまちがえて、悪いほうへ。

町は言ってみれば土地だから、変わるだけですむ。土地はなくならない。見え方が変わるだけ。だが人は、いなくなってしまう。琴ちゃんみたいに。

あのころは本当に楽しかった。これまでで一番楽しい時期だったかもしれない。

大学生。接客のアルバイトをして初めて、社会と接した気になった。お客さんは皆、外部の人たち。まさにお客さんとして接するべき人たち。

だが内部にもみくのような人は現れるのだと知った。

いや、学生としても知ってはいたのだ。小中高大。どの学校にも折り合えない人たちはいたから。

それでも、彼らは枠内にいる人たちだった。同じレールの上を進んではいた。

みくはちがった。実際、あとから来て、先に去っていった。通りすがりの車のようなものだ。

たまたま通りかかり、一時期、同じ駐車場に駐まっていただけ、という。それだけのことでも一応は身内扱いになる、という。

だがそういうのを含めても、やはり楽しかった。常に新しい経験をしていた。それまでにはいなかった類の新しい友人もできた。善吾に琴ちゃんだ。

善吾は、初めてできた男友だち、かもしれない。

それこそ小中高大の各学校にクラスメイトはいたし、そのなかにはそこそこ話す男子もいた。高校時代にはカレシもいた。だがカレシはカレシ。男友だち、ではなかった。

善吾はそれだ。クラスメイトや知り合いではない。ちゃんと友だちと言える、男友だち。その手の友だちは、カレシの一歩前、と見てしまうこともあるが、そういうのでもない。現に善吾をそんな目で見たことはない。だからこそ気軽に話せたのだ。恋愛に絡む面倒なあれこれがないから。

善吾には、陽吾《ようご》という二歳下の弟がいる。会ったこともある。陽吾が二十歳になったとき、ウチで飲めよ、と善吾が店に呼んだのだ。誕生日にカノジョも連れて来いよ、おれがおごるから、と言って。

実際、陽吾はカノジョを連れて飲みに来た。カノジョは一歳上なので、すでに成人。お酒を飲めた。名前は忘れてしまったが、きれいな子だった。かわいいというよりはきれいな子だ。

善吾は本当におごった。店にもらったアルバイト代を、店に払ったわけだ。

事情を知った高坂店長が、料理や飲みものをいくつかサービスで出した。それには、善吾だけでなく、何故か琴ちゃんまでもがお礼を言った。もしかしたら、琴ちゃんが高坂店長にお願いしたのかもしれない。善くんの弟が来るからそうしてくれませんか、と。

陽吾とカノジョは楽しそうだった。その様子を見た善吾はうれしそうだった。それだけでもわかる。善吾と陽吾は仲のいい兄弟だ。いい兄だね、とあとでわたしが言ったら、陽吾がいい弟なんだよ、と善吾は言った。そして照れ隠しのようにこう続けた。名前、実はおれも陽吾がよかったんだよね。善吾より陽吾のほうがカッコいいから。

メールで現況を教えてくれたとき、善吾は陽吾のこともついでに教えてくれた。今は大分に戻り、市役所に勤めているという。

兄弟二人とも東京の大学に行って親には負担をかけたということで、陽吾が戻った。ぼくが戻るから兄ちゃんは東京で就職しなよ、と自ら言ったそうだ。善吾の就活前に。

一緒に店に来た歳上カノジョとは、戻る前に別れてしまったらしい。大分に連れ帰るようなことはなかったのだ。さすがにそれはカノジョが拒んだのかもしれない。

ただ、陽吾には今、別のカノジョがいる。同じ市役所勤め。たぶん結婚するという。兄なのに先を越されるけど、してほしいよ。メールで善吾はそう言っていた。

そんな善吾と同じで、わたしにとっては、琴ちゃんもやはり、それまでにはいなかった類の新しい友人、だ。

社員さんとアルバイト。なのに、仲よくなれた。

立場のちがいによる線は引かれていた。その線を消せはしなかった。いや、そうではなくて。

消しはしなかったのだという気がする。

わたしたちは、お互いにその線を意識しつつ、時にちょっと踏み越えた。そんなふうにして、いい関係を築けた。琴ちゃんがどう思っていたかはわからないが、わたしはそう思っていた。それがうまくできていると。そしてそれがとても心地いいと。

篠崎駅で都営新宿線を降りる。

この篠崎駅は、地下。旧中川をまたぐ東大島、その次の船堀を出たところで、都営新宿線は地下に潜る。あとはもう、一之江、瑞江、篠崎、とずっと地下だ。

一時期はここが終点だったこともあるらしい。現終点は、次の本八幡。市川市だから、千葉県。そう。都営新宿線は、都営なのに、越境して千葉県に行くのだ。

駅前というか駅そのものと言っていいスーパーに入る。

今日はつくるのはしんどいな、と思い、お弁当を買う。

そして、今日はこれもしんどいな、と思いつつ、アパートまで二十分歩く。

わたしが住むアパート、ベルジュ江戸川は、旧江戸川沿いにあるのだ。家賃は安い代わりに長く歩かされる。

健康のためにいつも歩いているのだが、さすがにこんなときは、やはり自転車にするかな、とつい弱気になってしまう。とはいえ、そうなるだけ。実際に自転車にはしない。

調べたところによると、駐輪場代は一ヵ月二千円近くするのだ。毎月それを払うのでは、家賃が安い意味がない。だから却下。

と、いつもはそんな思考の流れをたどるのだが、今日のしんどさはいつも以上。いつもならその駐輪場のところまで考えて即却下、となるのだが、今日は即でもない。何というか、のっぺりと、却下。

初め、アパートは１ＤＫのそれにするつもりで探していた。そしてこのベルジュ江戸川に行き着いた。

物件を見ないで決めるのは危険。それは何人かの友人に聞いて知っていたので、探すのはネットで探したが、その後不動産屋さんも訪ね、しっかり内見をさせてもらった。

そのときに、言われたのだ。ここ、隣の一階二階は２ＬＤＫで、二階はちょうど空きますよ、と。

参考までに、家賃を訊いてみた。思ったほど高くなかった。あぁ、そうなんですか、と言い、ついでにそちらも内見させてもらった。

双方を見たうえで、考えた。１ＤＫで充分は充分。だが２ＬＤＫも悪くない。友人も呼べる。カレシも呼べる。呼べるどころか、住める。カレシのほうは、できたらの話だが。

シンプルに、いいかもな、と思った。一人でも、広いのはいい。実家が一戸建てなので、わたしはやはりある程度広い家に慣れているのだ。

これが一階ならちがっただろう。一階だと、防犯面で少し不安がある。だが二階なら。二階でその家賃なら。

ということで、決めた。ちゃんと丸一日考えたうえで、不動産屋さんに電話をかけて、言った。

２ＬＤＫのほうにします、と。

そして無事入居。初めての一人暮らしが始まった。

一階には、家族が住んでいた。たぶん、お父さんとお母さんと娘さんの三人家族。

初めにあいさつに行くかは、かなり迷った。ワンルームなどの単身者用アパートなら行かない。迷いもしなかったはずだ。だが２ＬＤＫで家族が住んでるとなると、行ったほうがいいのかどうなのか。

結局、行かないほうを選んだ。来られても困るだろう、と都合よく考えることにしたのだ。実際には、行かないですむならそうしたい、とわたし自身が思ってしまっていた。アパートなのだから煩わしい近所付き合いのようなものはなしにしたい、避けたい、と。

ただし、足音は立てないよう気をつけた。部屋を歩くときも。ベッドから降りるときも。朝、出勤前であわただしくしているときも。夜、目覚めてしまってトイレに行くときも。

そんな小説を前に読んだことがあるのだ。アパートの一階と二階の騒音問題が絡んだ小説を。問題といっても、大ごとにはならず、それをきっかけに住人同士が知り合いになるというだけではあったが。

あと、あいさつはした。初めのあいさつではなく、日々のあいさつだ。それは下の家族に限らず、三室の全員にした。顔はわからなくても、敷地内にいれば必ずした。それさえできていれば充分。そう思えた。

ただ、こないだ、一階のお父さんと娘さんがもめているところへ出くわしたときは少し困った。

休みの土曜日だった。そのお昼ごろ。

わたしはちょうど部屋を出て、階段を下りようとしていた。

そこへ娘さんが帰ってきた。

中学校の制服姿だったので、あ、土曜も学校があるんだな、と思っていると、お父さんがなかからドアを開けた。

娘さんがいきなり強い口調で言った。

「何で言わない必要があるわけ？」

「え？」とお父さん。

「何で言わないで来る必要があるわけ？」

「あぁ。いや、まあ、言わなかったわけでもないんだけど」

「言わなかったじゃない」

「急に思い立ったんだよ、朝」

そこへわたしが下りていき、娘さんの横を通りすぎる形になった。

頭を下げるだけ、というのも何なので、控えめに言った。

「こんにちは」

「こんにちは」と娘さんが返してくれた。声音をいつもの感じに戻してだ。

「ん？　あぁ、こんにちは」と、わたしに気づいたお父さんもドアの内側から言ってくれた。

わたしはお父さんのほうへ振り向き、あらためて頭を下げた。そして、歩き去った。

もめる父と娘。わたしも覚えがある。中高生のころ、父とはよくもめた。

父はうるさいことを言うチャンピオンだった。この人は本当にバカなのではないか。理屈というものを本当に理解できないのではないか。わたしは本気でそう思っていた。

そんなわけはないのだ。父は普通に会社に勤め、課長になったのだから。その結果、南船橋に一戸建てを買い、奨学金の返済義務を負わせることもなく、わたしを大学にまで行かせてくれたのだから。

アパートに着き、一〇二号室の前を通って、階段を静かに上る。

もちろん、お父さんと娘さんがもめる声がなかから聞こえてきたりはしない。父と娘も、二十四時間もめ続けるわけではないのだ。

もめないでほしいな、とわたしは思う。

何故？

琴ちゃんももめごとが嫌いだったから。

思いのほか、わたしは長く沈んだ。長く、そして深く沈んだ。まさかここまでとは、とちょっと意外に感じた。

初めは、栄太と別れたからだと思っていた。まずそれがあり、そこに琴ちゃんの死が重なったからこうなっているのだろうと。

それはそうだ。栄太の件は、わたし自身に起きたこと。わたし自身が栄太と付き合い、別れたのだ。

琴ちゃんの件はちがう。わたし自身には何も起きていない。いや、琴ちゃんの死の事実を聞かされた、ということは起きているが、まあ、それだけ。わたし自身に動きはない。

だが、ちがった。そういうことではなかった。あるとき、唐突に気づいた。栄太との別れは関係ない。ただただ琴ちゃんの死がこたえているのだと。

栄太のことは、そもそも大して響いていない。響いていたとしても、それは別れた土曜日だけ。翌日曜の一日で、わたしはもうもとに戻っていた。戻ったと思おうとしていたのではなく、実際に戻っていた。回復していた。

栄太と別れていなくてもこうなってはいた。そんなふうに思った。その件がなくても、わたしは今とまったく同じように沈んでいたはずだ。

琴ちゃんの死を変に美化してしまっているのかな。

そうも考えてみた。急に亡くなった人や若くして亡くなった人を変に持ち上げてしまうあれ。死の衝撃が強すぎて、受け止めきれない者たちがついついそうしてしまうあれだ。

だがそれにしては長すぎた。

二ヵ月。もしそれなら、さすがにもう収まっていてもいいだろう。変に持ち上げてしまったことを変に恥ずかしく思い、反動で、実は裏もある人だったよね、などと言いだしていてもいい。が、ちっともそうはならない。琴ちゃんを悪く言う気になどならない。この先もまちがいなく、ならない。

琴ちゃんには裏などなかったのだ。もしあったとしても、それは問題にならない。人は、自分が知らなかった他人の一面を、すぐに裏だと言いたがる。裏の顔があったのだ、などといかにもなことを言いたがる。

裏も表もないのだ、本人にしてみれば。逆に言うと、裏がない人間など、この世には一人もいない。人が他人のすべてを知ることは絶対にないから。

夏の土曜日。仕事は休みの日。わたしは久しぶりに銀座へと出かけた。

日本橋へは栄太とのデートでよく行っていたが、少し離れた銀座までは行かなかった。行かなくてよかったと思う。銀座には、琴ちゃんや善吾との思い出しかないから。そこに栄太とのそれが交ざらなくてよかった。

都営新宿線だと、銀座は案外行きにくい。篠崎からそのもの銀座線の銀座駅に行くなら、二度乗り換えなければならないのだ。

乗り換えはせずに都営新宿線の浜町駅から歩こうかとも思ったが、さすがに夏。四十分歩くのはきついと、それは断念した。

というわけで、おとなしく住吉と三越前で二度乗り換えて、銀座線の銀座駅へ。

土曜日の銀座。月曜日から金曜日にくらべるとゆったりした銀座だ。オフィス街ではないので、月曜日から金曜日でもそれなりにゆったりしてはいるが、土日はさらにゆったりする。

銀座線の駅に近い出入口から出ると、そこは歩行者天国。中央通りだから、そうなのだ。銀座線自体がその下を走っている。

歩行者天国は、コロナで実施されなかった時期もあるらしいが、今はまた実施されている。コロナ。ようやく少し遠のいてくれた。

と、そこまで考えて、思う。

あぁ、そういえば。琴ちゃんはコロナを知らないのだ。五年前に亡くなったのならそうだろう。知らずにすんだのであればよかった、という気もするが、世界じゅうの誰もが当たり前に知っているそれを琴ちゃんが知らないのは悲しい。

せっかく車道を歩けるのだからそうしたくなり、歩行者天国となった車道を一丁目のほうへ歩く。

人は多いが、ただでさえ広い本来の歩道のほか、全四車線ある車道も今はすべて歩道となっているので、混み合うことはない。

やはりここはいいな、と思う。残念ながら、琴ちゃんと歩いたことはないが。

銀座が好きな琴ちゃんは、お母さんと初めて来たときに歩いたと言っていた。

小四の琴ちゃん、をわたしは想像する。小四、十歳。今のわたしより二十歳下だ。わたしはもうお母さんと言ってもいい年齢。

想像上のリトル琴ちゃんと手をつなぎ、わたしは歩行者天国を進む。

琴ちゃんはどちらかといえば童顔だったので、小四サイズの体にわたしが知る二十代前半の顔を載せても違和感はない。いや、ないわけはないが、琴ちゃんの場合、その違和感自体が自然であるようにも感じられる。

一丁目まで行くと、わたしは並木通りに移り、今度はそこを四丁目のほうへ歩く。

そして晴海通り経由で外堀通りへ。

その二つの通りが交わる数寄屋橋交差点を、東京高速道路側へ渡る。

そこまででまだ十五分程度だが、暑さはすでに限界。わたしは銀座インズに入り、涼む。ひんやりとした空気に包まれ、ひと息つく。

地下一階、一階、二階、と見てまわる。

わたしがいたころと、お店はだいぶ変わっているようだ。

琴ちゃんと働いてた洋風居酒屋があったところには、別のお店が入っている。広さは変わらないはずだが、外観はかなり変わった。名残はまったくないと言っていい。

そのお店の前にいたのはほんの数秒。なかの店員さんと目が合ったので、立ち止まりさえしなかった。

それから通路を歩き、階段を下りて、一丁目側の出入口から出る。そしてそこでは足を止める。

はっきりと立ち止まる。

そう。あの雨の日に、やはり琴ちゃんと立ち止まって話した場所だ。銀座インズの案内図がある柱の前。

あのときは夜で雨。今は昼で晴れ。十年までは経たないが、たぶん、八年ぐらいは経っている。

それでも、琴ちゃんのことはちゃんと思いだせる。顔もくっきりと頭に浮かぶ。

やっと銀座で働けたと思ったら、正式には銀座じゃなかった。

そう言った琴ちゃん。

でも、まあ、何かわたしっぽい。

そう笑った琴ちゃん。

実際にこの場所に来たからか、わたしはさらに思いだす。

琴ちゃんは。その流れで、自分は主役になれない、みたいなことを言ったのではなかったか。

対してわたしは。人は皆主役にして脇役だ。自身の人生においては主役で、他者の人生においては脇役。世間では主役に見える人も、ただそう見えるだけ。他者の人生で主役にはなれない。主役に見える人、という脇役でしかない。みたいなことを言ったのではなかったか。

琴ちゃんとそんなようなことを話したのは確かだ。それが、あのときだったのかもしれない。店で働いているときにそんな話をするのも変だから。仕事中に、自分は主役になれない、などと琴ちゃんは言わないだろうし、人は皆主役にして脇役だ、などとはわたしも言わないだろう。

とはいえ、あのときに話していたのだとしても、その程度。そう長く話してはいないはずだ。まさにそれだけ。

そのあと、すぐそこの角で別れ、琴ちゃんは銀座駅から丸ノ内線に乗り、わたしは銀座一丁目駅から有楽町線に乗ったのだろう。ともに、明日は晴れてくれればいいなぁ、と考えながら。

ここで琴ちゃんと話したことを後に何度も思いだすとは、わたし自身、まったく思っていなかったにちがいない。

不思議だが、そんなことはたまにある。何故それを覚えているのか自分でもよくわからないが時々思いだす、というようなことは。

そして、今。

何故ここにいるのかな、とわたしは思う。

無理に言うなら、こう。

琴ちゃんをもう少し強く感じたいから、だ。

結果、感じられたような気はする。

で、感じたうえで、わたしはどうしたいのか。

ここがゴールなのか。琴ちゃんとの思い出を大事に胸にしまい込んで終了、とするのか。

結局、その、どうしたいのか、を確かめるためにわたしはここへ来た。ここへ来てどうしたくなるのかを確かめるために。

言ってみれば、手順を踏んだようなもの。答はわかっていた。わたしは、ここへ来ただけで充分、と自分が思い直さないかを試しに来たのだ。

普通ならここで終わり。やってもここまで。だと思う。

今、わたしは三十歳です。大学時代にアルバイト先でお世話になった同い歳の社員さんが亡くなりました。五年後に、たまたまそれを知ることができました。友人のように接してくれた社員さんだったので、とても悲しいです。気持ちが揺れたので、仕事が休みの日に、当時お店があった場所を訪ねてしまいました。

と、そこまで。やったとしても、そこまで。

普通、アルバイト先で一緒だっただけの人を深く気にかけたりはしない。その人が亡くなったことを知ったからといって、数年後にわざわざ実家を訪ねたりはしない。深くは関わらない。

だがわたしは、もう一歩踏み出したかった。こんなときは普通こうするとかこうしないとか、そういうのはどうでもよかった。三十歳になったからその手の普通を重視するのでなく、三十歳になったからこそ、その手の普通を無視したかった。普通、の範疇からは外れるのだとしても、自分の意思でやれることを、ちゃんとやっていきたかった。

その意思が、まさにこの場所で定まった。

スマホを手にすると、わたしは画面にアプリの地図を表示させた。

琴ちゃんの実家は、丸ノ内線の新中野。住所までは知らない。もちろん、電話番号も知らない。が、わかる可能性はあるのだ。琴ちゃんの実家は美容室。そう聞いていたから。

新中野、美容室。

その二つの言葉で検索するだけで、いくつも出てきた。

あぁ、これは時間がかかるかも、と思う。店名が英語やカタカナだと、推測もできない。ストリートビューでお店を見て、その外観から判断するしかない。琴ちゃんの実家っぽい店、を候補順に当たってみる。電話では警戒されるだろうから、直接訪ねて訊くしかない。

実家は美容室、といっても、店舗と住居の一体型ではない可能性もある。店舗は借りているだけという可能性もある。実家は新中野だが店舗はよそ。もしそうなら、わかりようがない。すでに店を畳まれていたら、たどり着けないかもしれない。

などとあれこれ考えたが、すべて、いい意味で無駄だった。

すぐにこの文字が目に飛びこんできたのだ。

美容室フジモト。

つい笑ってしまった。笑みが声に出た。琴ちゃん最高！　と言ってしまった。

電話番号まであっさりわかった。お店だから、そうなのだ。電話番号を公開してくれている。

ならばもう今ここで、と思い、電話をかけた。

コール音が聞こえる。緊張しつつ、待つ。

自動で留守電に切り換わったりはしない。コールが十度を超えたところでさすがに切ろうとしたが、そこでやっとつながる。

「大変お待たせしました。美容室フジモトです」

女性の声だ。二十代三十代ではない。もう少し落ちついている。琴ちゃんのお母さんかもしれない。

はやる気持ちを抑えて、言う。

「もしもし、あの」

「はい」

やはり電話では訊けない。訊くべきではない。そう思う。

「予約は、できますか？」

「できますよ。いつがご希望ですか？　火曜日はお休みを頂いておりますが」

「じゃあ、えーと、来週の土曜日とかは、だいじょうぶですか？」

「次の土曜日ということですよね？　今日から七日後の」

「そうです」

「何時がよろしいでしょう？」

「それは、決まってるんですか？　二時とか二時半とか、三時とか三時半とか」

「いえ。次の土曜日なら、お好きなお時間でだいじょうぶです。ただ、午前十一時から午後五時ぐらいまででお願いしたいですが」

「じゃあ、午後三時とか」

「午後三時。承知しました。カットということで、よろしいですか？」

「そう、ですね。シャンプーはお願いします」

「はい。トリートメントはどうしましょう？」

「それはだいじょうぶです」

「わかりました。ウチは、初めてでいらっしゃいますか？」

「はい」

「では、お名前と、一応、お電話番号を伺ってもよろしいでしょうか」

「はい。青井千草です」

え、もしかして？　と言われるようなことはなかった。あるわけない。琴ちゃんが、お店にいた学生アルバイトのことをお母さんに話していたはずがないのだ。

　わたしはさらに電話番号も伝えた。

　その番号を復唱したうえで、女性が言う。

「それでは、土曜日の午後三時にお待ちしております」

「伺います。よろしくお願いします」

　そう言って、電話を切った。

　ひと仕事終えた感じで、ふうっと息を吐く。

　実を言うと、髪は二週間前に切ったばかり。だが、いい。これを機に、思いきってショートにするのもありかもしれない。栄太と別れてもう二ヵ月以上経つのだから、失恋して切った、みたいにはならないし。

　美容室フジモト。

　琴ちゃんの実家なのだと思う。今の女性が琴ちゃんのお母さんなのだと思う。

　確信はない。そうでなくてもおかしくはない。

　それならそれでもいい。少なくとも、髪は切れるのだから。


　美容室フジモトに行くときは、とても緊張した。

　そこまで緊張して美容室に向かったのは初めてかもしれない。カリスマ美容師、がいるような店にわたしはそもそも行かないから。

いつもはむしろカリスマがいなそうな店を選ぶ。可能なら電話をして、カリスマはいないですよね？　と訊きたくなる。

都営新宿線で、まずは新宿三丁目まで行った。会社がある神保町を素通り。降りない。それだけでもう、緊張は高まった。

その新宿三丁目で東京メトロ丸ノ内線に乗り換え、新中野へ。

新宿、西新宿、中野坂上、新中野。

初めて降りた新中野は、丸ノ内線だけの駅。新宿から青梅経由で山梨県へ向かう青梅街道の地下にあるらしい。

外に出ると、そこはまさに青梅街道。出入口のすぐ隣にわたしがよく利用するチェーン店のカフェがあり、何故か少し安心した。

美容室フジモトは、そこから五分ぐらいのところにある。

行き方はだいたいわかっていたが、この辺りは細い道が入り組む住宅地のようなので、念のためアプリの地図を見ながら歩いた。

美容室が近づくにつれて緊張はさらに高まり、もしかして失敗だったか、との思いも強まった。

わたし自身は、お線香の一本でも上げさせてもらえれば、という気持ちでいるが、琴ちゃんのお母さんは、琴ちゃんの死に触れられたくないかもしれない。自分から言うならまだしも、人に言われるのはいやかもしれない。店のお客にそれを言われたら、応えないわけにもいかない。無下にすることもできない。

初めはいいやり方だと思ったが、実はそうでもなかったのではないか。お客という立場を利用して不快なことをさせる、いやなやり方だったのではないか。

美容室フジモトに着いたのは午後二時五十分。迷わなかったため、十分前になってしまった。

住居と一体型の店舗。一戸建ての家とつながっている。たぶん、奥が自宅。まさに住宅地によく見られるタイプの美容室だ。お店がつぶれたあとも外観はずっとそのままになってしまう、という。

近くを少しウロウロしての五分前。午後二時五十五分。ドアを開ける。

「いらっしゃいませ」

そう言ってくれたのは、五十代後半ぐらいの女性。茶髪の人、を勝手に想像していたが、髪は黒い。白髪を黒に染めているのかもしれない。

そっくりとは言わないが、琴ちゃんに似ているように見える。

お母さんだとわたしが思っているからそう見えるだけなのかな、と思いつつ、言う。

「こんにちは。予約してた青井です」

「はいはい。青井さん。お待ちしてました」

スタイリングチェアは二つ。決して広くない。店内にいるのはわたしたちだけ。ほかの美容師さんもほかのお客さんもいない。よかった。もしいたら、会話はすべて聞かれてしまうだろう。

わたしがカットしてもらっているあいだは、誰も来ませんように。

「お荷物はそちらへ」と言われ、
持っていたバッグを待合用のイスに置く。

「ではこちらへ」とも言われ、
手前側のスタイリングチェアに座る。

そして上半身にケープを掛けられる。

女性は後ろからわたしの髪に触り、言う。

「前に切られてからまだそんなに経ってないですか？　三週間ぐらい、かしら」

「あ、はい」

すごい。ぴたりと当たっている。そういうのは毛先の感じからわかるらしいが、こうもはっきりわかるものなのか。

「今日はどうなさいます？　どのくらい切りましょう？」

「えーと、二十センチぐらい、でしょうか」

「あら、ショートに？」

「はい。うなじが出るくらいのショートボブにしようかと。合わない、ですかね？」

「いえいえ。いいと思います。青井さん、卵形の小顔でいらっしゃるから、ばっちりです。こう言ってはあれですけど、むしろショートのほうがお似合いかも」

青井さん。会話のなかでもそう呼ばれて驚いた。

が、悪くない。初めてのお店でも、お客さん、よりは、青井さん、のほうがわたしはいい。いきなり、千草さん、とまでやられるとちょっと困るが。

「ショートになさるのは初めてですか?」

「中学生のとき以来、ですかね。校則が厳しかったので、中学ではそうしてました。高校は肩ぐらいまでオーケーだったんですけど。ちゃんと結べば、長くてもよかったですし」緊張がやや解けたためか、わたしは自ら言う。「別に失恋したからショートにするとか、そういうことではないです」

「ならよかった」

「って、あの、今そんな人、いますか? 失恋したから髪をばっさり切る、みたいな人」

「うーん。あまり聞かないですけど。いないこともないのかな。もしかしたら、皆さん、言わないだけかもしれません。髪型を変えると気分も変わるのは、事実ですから」

「あぁ。まあ、そうですよね」

失恋したから髪を切る、と口にすること自体がカッコ悪いことになった、ということなのか。

そう思いながら、言う。

「わたしも二ヵ月前には失恋してますけどね。いや、そろそろ三ヵ月か」

「そうなんですね」

「はい。三ヵ月遅れのばっさりです。気分を変えたいわけでもなくて、ただただばっさり」

言ってから思う。実はただただでもなく、やはり琴ちゃんのことで沈みこんでいた気分を変えたかったのかもな、と。

「でも、どうしてウチで？」と訊かれる。

これは機会だな、とわたしは認識する。もう言ってしまうしかないな、今しかないな、と。先延ばしにすると、どんどん言いづらくなるだろう。そこまでは伏せていた、という時間がどんどん長くなるわけだから。

意を決して、言う。

「あの、こちらは美容室フジモトさん、ですよね？」

「はい」

「ということは、藤本さん、なんですよね？」

「はい」

「藤本琴奈さんのお母さん、ですか？」

「はい」

琴ちゃんのお母さんはすんなりそう答える。

前の鏡に映る顔には驚きが浮かんだように見えるが、その驚きは単なる驚きで、少なくとも不快感を伴うそれではないように見える。

不安を与えないよう、すぐに言う。

「わたし、琴ちゃんの友だちです。同い歳です。琴ちゃんが銀座インズのお店に勤めてたとき、そこで一緒に働いてました。といっても、わたしはアルバイトですけど。でも琴ちゃんにはお世話になって。すごくよくしてもらって。大学を出て就職してからは会うこともなかったんですけど。だからものすごく親しかったかと言われるとそんなこともないんですけど。二ヵ月、じゃなくて三ヵ月ぐらい前に、やっぱりそこで一緒に働いてた友だちから琴ちゃんのことを聞いて。詳しいことは知らないんですけど、ずっと気になってて。もしできるならお線香ぐらい上げたいなと思って。琴ちゃんから、実家は新中野にあって、美容室だとも聞いてたので、調べたらこちらがあって。このお名前なので、そうかなと思って。それで、来てしまいました。髪もほんとに切りたかったので」

　そこまでを一気に話した。流れを一気に知ってほしくて。

「そういうことでしたか」と琴ちゃんのお母さんは静かに言う。

「すいません。電話でお伝えすればよかったんですけど。何か、電話で言うことではないような気もして。結果的に、だました感じになってしまいました。本当にすいません」

「そんな。謝らないでください。来てくださってうれしいですよ。まさかお友だちが来てくれるなんて思わないから」

「あの、つい言ってしまいましたけど、友だちと言うのもおこがましい感じで。社員さんとアルバイトでしたし、琴ちゃんがわたしを友だちと認識してたかもわからないぐらいで」

「お歳は同じなんですよね？」

「はい」

「それで、琴を琴ちゃんと呼んでくださってたんですよね？」

「はい」

「じゃあ、まちがいなくお友だちですよ。琴もそう思ってたはずです」

「だといいですけど」

「こうなったら、ちゃんと自己紹介をしますね。わたし、藤本ハヤナです。早朝とか早退とかのほうの早いに琴奈の奈で、早奈。琴の母親です」

「どうも。わたしは青井千草です」

「知ってます」と早奈さんが笑う。「じゃあ、髪、切っちゃいますね」

「あ、はい」

前はこうで後ろはああで、と少しだけ要望を伝え、あとはおまかせでお願いした。

早奈さんが髪を切りはじめる。すぐに言う。

「これで十センチぐらいですけど。もっと切ってしまって、いいんですよね？」

「はい」

「この倍」

「はい」

早奈さんに髪を切られながら、わたしは自分と琴ちゃんの関係をさらに詳しく説明した。

大学二年生のときにアルバイトとして店に入ったら社員さんとして琴ちゃんがいたこと。琴ちゃんは仕事をすごく丁寧に教えてくれたこと。自身の仕事もすごく丁寧にしていたこと。いつもわたしたちアルバイトをたすけてくれたこと。社員さんとアルバイトなのに友だちのようになれたこと。

そんなふうに、自分が言うことを言えればそれでよかった。琴ちゃんの死因を訊くつもりはなかった。これは初めからそう。それを訊きに来たわけではないのだ。

そしてそのことを、早いうちに早奈さんに伝えたかった。

だが伝え方は難しいな、と思っていると、早奈さんが何の前置もなしに言う。

「琴は自殺です」

「え？」

「想像はついたと思いますけど」

「あ、いえ、あの」

「手首をね、切ってしまいました。この家で。おフロ場で」

「そう、なんですか」

「五年前です」

「はい」

「もう五年。早いです。経ってみれば、早い」

「あぁ」と言うしかない。

「ごめんなさいね。いきなり重いこと言っちゃって」

「いえ」

「でもお友だちには、ちゃんと知っておいてほしい」

「はい」

「琴はね、お友だちが多いほうではなかったから、ほんとにうれしいんですよ。青井さんが来てくれて」

「だったら来てよかったです、わたしも。電話をかけて、よかったです」

「お線香、上げてもらえる？　髪を切り終えたら」

「はい。いいですか？」

「もちろん」

「お店は、だいじょうぶですか？　空けてしまって」

「今はもうほぼ予約だけだから。繁盛してもいないし。なじみのご近所さんが定期的に来てくれるからどうにかやっていけてる感じ」

「検索してみてわかったんですけど。この辺りも美容室は多いんですね」

「そうなのよ。困っちゃう。まあ、当たり前だけどね。人が多ければ美容室も多い。髪を切らない人はいないから、それなりに美容室も必要。そのあたりは歯医者さんと同じかな。といっても、歯医者さんよりは美容室のほうがよくつぶれるけど」

　思いつきで、こう尋ねてみる。

「琴ちゃんは、美容師さんにならなかったんですね」

「そうね。なろうかなって言ってくれてた時期もあるんだけど」

「あるんですか」

「高校一年ぐらいのときかな。でも、自分がなりたいのでなければやめておきなさいって、わたしが言ったの。どう見ても、このお店に先はないから。実際、二人も美容師はいらないし。わたしが一人でやれるところまでやって閉めるつもりでいたのね」

「あぁ」

「まあ、ほんとはうれしかったのよ、琴がそう言ってくれて。二人で美容師をやれたら楽しいな、とも思ったし。わたしがそう言ったから、琴はもう言わなくなっちゃったけど。たぶん、気づいちゃったのね、ウチにお金がないことに。ほら、美容師になるには、専門学校に行かなきゃいけないでしょ？　そのお金がウチにはないだろうって、気づいたんだと思う。実際、そのころからもうかなり苦しかったし」

「そう、なんですね」

「でも、たぶんならなくてよかったんだと思う。琴は、美容師向きではなかったから」

「接客は、上手でしたよね」

「そう？」

「はい。わたしもすごくたすけられました。お店自体、琴ちゃんがいてくれてすごくたすかってたと思います。これは本当に」

「そうなのね。じゃあ、よかった」

「琴ちゃん、気遣いがすごかったですし。お客さんに対しても、店の人たちに対しても」

「気遣いというか、気をまわし過ぎるところがあったからね、琴は。よく謝ってなかった？　自分は大して悪くないのに」

「それは、ちょっとあったかもしれません。でも謝り方は上手でした。何かあっても、いつも琴ちゃんのおかげでうまく収まってましたし」

「わかる。それが琴の長所でもあったのよね。でもそういうことで出るマイナスを、あの子は全部自分で背負いこんじゃうの。誰に強いられたわけでもないのに、自分が我慢すればいいんだと思っちゃう。それで丸く収まるなら進んでそっちを選んじゃう」

わかります、とは言いづらいが、わかる。琴ちゃんは本当にそうだった。自分が怒る、という選択をしない人だった。

「そういうあれこれで疲れちゃったのね。たぶん」

不用意な相槌は打てない。話が核心に来たように感じる。

早奈さんのハサミで髪を切られる。鏡に映るその様子を目で見ながら、その音を耳で聞きながら、頭には琴ちゃんの顔を思い浮かべる。銀座インズの前で、でも、まあ、何かわたしっぽい、と笑った琴ちゃんの顔を。かわいくて悲しい、その笑顔を。

早奈さんは続ける。

「最後はもう、一目でわかるぐらい疲れちゃっててね。わたしも心配して、何度も声をかけたんだけど、何でもないよって琴は言って。でもやっぱり疲れてたんだねぇ。疲れきってたんだねぇ」

声までは出さない。わたしはうなずくにとどめる。髪を切られているから、大きくはうなずけない。小さく。だが切っている早奈さんには伝わる。

「かなり歳上の人とお付き合いをしてたみたいなのよ。店長さん、だったのかな」

「えっ？」とそこは言ってしまう。

「その銀座のお店の、店長さん」

高坂店長、だろう。琴ちゃんがお店に入ったときからずっと、店長は高坂店長だから。就職で善吾やわたしが辞めたあともそうだったはずだ。

高坂店長は当時三十代半ば。すでに結婚していた。二十代半ばで結婚したと聞いたような気がする。

ということは、そういうことだろう。

裏などなかった琴ちゃん。だがもしかしたら、それが琴ちゃんの裏に相当する部分だったのか。自分は主役になれない、とわたしに言った琴ちゃん。それはそんなような意味だったのか。あのころからすでに高坂店長と何かあったということなのか。

もしそうなら、わたしが琴ちゃんに言ったあれ、主役がどうの脇役がどうのというあれは、まるっきり的外れだったことになる。琴ちゃんはそれをどんな気持ちで聞いたのか。

そしてわたしは琴ちゃんが言っていたことを思いだす。

いつ言ったのかは覚えていない。どんな流れで言ったのかも覚えていない。その言葉だけをただ覚えている。

琴ちゃんはこう言ったのだ。

人との一番いい付き合い方は、付き合わないっていうことなのかもね。

聞いたときは、行き詰まったら距離を置くのもいい、というような意味だと思ったのだが。あれはもしかしたら、そこへとつながる言葉だったのかもしれない。

もしこれらのことがすべて事実なら。そのあたりの琴ちゃんは、わたしから見れば遠い。だがその遠さも含めて、琴ちゃんは近い。

矛盾するが、感覚としてはそうなのだ。琴ちゃんは、すべてを自分の小さな体の内側に収めていた。その収めたものも常にわたしの近くにあった。わたしも少しはそれを感じていた。本当に少しだが、感じてはいた。

早奈さんが言う。

「たぶん、結婚してたのよね、その人」

店で一緒に働いていたのだから知らないわけがない。わたしはこう言わざるを得ない。

「してましたね」

「まあ、それはいいのよ」

「え?」

「いえ、決していいことではないんだけど。あり得ることではあるから、それはしかたない。わたし自身も、その手の経験はあるし」

「そう、なんですか?」

「そう。昔だけどね。琴を産むずっと前」

「あぁ」

「琴だって、もう働いてて、立派な大人だったわけだしね。その大人が自分の意思でそうしたんだから、それはいい。その意味で、いい」

早奈さんはそこで一度手を止め、左右それぞれの側からわたしの頭を見る。そしてまた髪を切りはじめる。

「琴にはね、初めからわたししかいないの。初めから父親はいない」

「そう、みたいですね」

それは琴ちゃんから聞いていた。ウチはお母さんと二人だから、と。

「琴は生まれたときも藤本で、それからもずっと藤本。本当はサガラになるはずだったんだけど、ならなかった。サガラって、相談の相に善良の良のほうの相良ね。音楽の楽のほうの相楽ではなくて」

「あぁ。はい」

「ついでに言っちゃうと、シチロウ。漢数字の七に普通の郎で、七郎。それが琴の父親」

「そのことを、琴ちゃんは」

「知ってたわね。言ってたから」

「言ってたんですか」

「言ってた。隠すことではないと思って。父親の名前も知らないなんて、いやでしょ」

どうなのだろう。その感じなら、知らなくていいような気もする。

「相良琴奈なら藤本琴奈のほうがいい、なんて琴は言ってたわよ。やっぱり気をつかったのかもね」

「それは」

どう言っていいかわからない。気をつかったのだろう。琴ちゃんだから。

「相良七郎がわたしのその手の経験の相手ではないけどね」

「はい？」

わたしが訊き返してしまったので、早奈さんは言い直す。

「わたしの不倫相手ではないけどね」

後悔する。せっかく避けていたその言葉を、早奈さんに言わせてしまった。

「それはまた別の話。琴も同じことをしたと知って、血なのかな、なんて思っちゃった。不謹慎だけど。まあ、若さということでもあるのかな。そのときのわたしも、琴と同じくらいの歳だったから。何にしても、わたしのせい。わたしがちゃんと父親を与えてあげられなかったから、琴は求めたんだと思う。歳上に惹かれるようになったんだと思う」

実際のところどうだったのかはわからない。わたしにわかるわけがない。早奈さんにもわからないだろう。琴ちゃん自身だって、わかってはいなかったかもしれない。

琴ちゃんの死を、やはり美化したくはない。琴ちゃんを、亡くなったからいい人、にしたくない。変に持ち上げたくない。

だがこの話を聞いても、琴ちゃんのいい印象は変わらない。あぁ、そうなんだ、と思った程度。納得できてしまう。琴ちゃんはそこでも一人で背負いこんでしまったのだな、と。

先週銀座を訪ねたあとにも、わたしはいろいろなことを思いだした。

その思いだしたことを、今また思いだす。

店で働いていたとき。これは仕事の合間にだが、琴ちゃんとこんな話もした。

「おじいちゃんとかおばあちゃんとかって、歩いてるときに後ろから近づくと、すごくびっくりすることがあるじゃない」と琴ちゃん。

「あるね」とわたし。

「歩く速さがちがうから、わたしはただ追い抜いただけで、別に足音を潜めて近づいたわけではないんだけど」

「うん」

「場合によっては、驚いてちょっとよろけちゃったりもして」

「こっちに気づいて振り向いたときにバランスを崩しちゃうんだよね」

「そうそう。それで転んだらあぶないから、わたし、そんなときは、なるべく距離をとって追い抜くようにしてるの。びっくりさせないように」

「へぇ。でも道が狭かったら?」

「歩く速度を落として、おじいちゃんおばあちゃんに合わせる。距離をとれる広いとこに出てから追い抜く」

「待つんだ?」

「うん。でもそうすると、あとを尾けてるみたいになっちゃって。それはそれで不審なんだけど」

「うさぎが亀のあとを尾けてる、みたいになっちゃうんだね」

「そう。どっちも遅いの。おじいちゃんおばあちゃんも、わたしも」

「そんな場面を見せられたら、わたし、笑っちゃうよ」

「笑ってくれるならいいんだけど」

「ん？」

「こないだね、人と一緒にいるときにそうなったの。そこは道が広かったから、遅いうさぎと亀にはならなかったんだけど」

「すぐに追い抜けたんだ？」

「うん。わたしは、いつもやってるみたいに距離をとって追い抜いたの。そしたら、一緒にいたその人に、高齢者が嫌いなの？　みたいなことを言われて」

「嫌いだから避けてると思われたってこと？」

「そう」

「その見方は、いやだね。高齢者を嫌いっていう発想がすごいよ。子どもが嫌いっていうほうがまだわかる」

「あぁ、そんなふうにとられることもあるんだなぁ、と思って、わたし、どうしたらいいかわからなくなっちゃって」

　よくわかった。そこでどうしたらいいかわからなくなっちゃうのが琴ちゃんなのだ。

普通はそこまで考えない。

まず、おじいちゃんおばあちゃんを追い抜いて終わり。おじいちゃんおばあちゃんがそこで驚いたとしても、いや、わたしは何もしてませんよ、歩いてただけですよ、で終わり。距離をとるようにするところまでもいかない。仮にいったとして。高齢者が嫌いなのかと人に言われたとしても、説明して終わり。どうしたらいいかわからなくなりまではしないで終わり。

琴ちゃんはそれで終われない。わからなくなってしまう。

たぶん、自分が高齢者を嫌ういやな人間だと思われるのがいやなのではなくて。そんないやな場面を見せてその人にいやな思いをさせるのはいやだと思ってしまう。それが琴ちゃんだ。そんなふうに気をまわすのが、琴ちゃん。

それは本当によくわかる。お客さんと接する琴ちゃん。店の人と接する琴ちゃん。どちらもずっと見ていたから。

そんな琴ちゃんが不倫をしていたのだとしたら。本当に苦しんだはずだ。琴ちゃんは高坂店長の立場も考えただろうし、高坂店長の奥さんのことも考えただろう。

いつ始まったのかは知らないが。琴ちゃんは当時二十歳前後。その琴ちゃんが自ら高坂店長を誘ったとは思えない。誘ったのは高坂店長だろう。

断らなかった、もしくは断れなかった琴ちゃんにも非はある。そして、実際、琴ちゃん自身、高坂店長のことを好きだったのだと思う。琴ちゃんは、人をちゃんと好きになれる人でもあったから。

琴ちゃんは決して強くなかった。

　では弱すぎたのか。

優しすぎたのだとわたしは思いたい。

そんな人、嫌いにはなれない。なれるわけがない。

「だからね」と早奈さんが言う。「その店長さんを責める気はまったくないのよ。琴を手荒く扱ったりしてたのなら別だけど、そういうことはなかったみたいだし」

「そうなんですか」

「まあ、わたしの推測だけどね。琴も、店長さんとお付き合いをしてるとはっきり言ったわけではなかったし」

　そこは、血なのだと思う。母親の早奈さんも娘の琴ちゃんのような人なのだと思う。琴ちゃんの死を誰かのせいにしようなどとは思わないのだ。誰かのせいにするなら、その誰かは自身。早奈さん自身。

　現に早奈さんは言う。

「わたしが琴を、もうちょっと強い子に育ててあげられてればよかったんだけどねぇ」

　それに対してわたしが言えることはない。今日初めて早奈さんと会ったわたしが、そんなことはないですよ、とは言えない。もちろん、そうですね、とも言えない。

「こんなふうに琴のことを話せるようになったのはね、実は最近なの。といって、話せる相手もいなかったんだけど。でもこうやって青井さんが来てくれたから、ベラベラ話しちゃった。何ていうか、ちょうどいい相手だと思って。でもまさか自分の不倫のことも相良七郎のことも話すとは。ごめんなさいね、何か利用したみたいで」

「いえ、そんな」

「五年経つからってことでもないんだけど。もうね、泣かないことにしたの。琴の選択を受け入れようと思って。琴を丸ごと受け入れようと思って。でもやっぱり泣いちゃうけどね」

そう言って、早奈さんは笑う。

それを見て泣きそうになるが、わたしもがんばって笑う。

あのときは自殺も考えましたよ、みたいなことを案外簡単に言う人がいる。実行を考えたのではなく、そうする可能性について考えたという程度なのだろうな、といつも思う。本気で考えてしまった人は、たぶん、もうこの世にはいないのだ。琴ちゃんみたいに。

琴ちゃんもそちらであればよかった。そうする可能性について考える程度にとどめておければよかった。自殺も考えた、というその言葉を琴ちゃんの口から聞きたかった。あとで。生きている琴ちゃんの口から。

「これからまた整えますけど、まずはこんな感じでどうですか？」と早奈さんが言う。

わたしは鏡に映る自分を見る。早奈さんが手持ちの鏡に映してくれた後頭部も見る。

うなじが見える。ちょっと恥ずかしいが、悪くない恥ずかしさだ。

美容室フジモト製のショートボブ。

「いいです」とわたしは言う。「すごくいい。二十代に戻った気がします。って、冗談ですけど」

「戻ってますよ」と早奈さん。「わたしは二十代の青井さんを知らないけど、戻ってます。というか、青井さん、二十代に見えるし」

「冗談でもうれしいです」

「ほんとですよ。美容師としてたまにはお世辞を言うこともあるけど、これはほんと」

「お世辞でもうれしいです」

「だからお世辞じゃありませんて」そして早奈さんはこう続ける。「まだこんなことを言うのは早いけど。もしよかったら、また来て。青井さんがいやじゃなかったら、琴と働いてたときの話をもっと聞かせて。何なら、お客さんとして来てくれるのでなくてもいいから」

「お客さんとしても、来ますよ」

「あ、でもそういえば、ご自宅は、近いのかしら」

「篠崎です」

「って、ごめんなさい、どの辺りだった？」

「江戸川区です。アパートがあるのが江戸川沿い。ぎりぎり都内です」

「じゃあ、遠いわ」

「でも来ますよ」

「わざわざ来るような店じゃないけど」

「来ます。来たいです」そしてわたしは早奈さんに言う。「あの、このことを、琴ちゃんのことを、店で一緒に働いてた友だちにも話していいですか？」

「琴のことを青井さんに伝えたお友だち？」

「はい。阿南善吾というんですけど。その善吾も、琴ちゃんのことはずっと気にかけてたと思うので」

「どうぞ」

「あと、琴ちゃんの友だちだった森沢君葉さんという人にも」

「あ、森沢さんは知ってる。高校のときのお友だちよね？」

「だと思います」

「ぜひ」

「いいですか？　その善吾から伝えてもらっても」

「もちろん」

電話ですませなくてよかった。こんなふうに直接会って話せて、本当によかった。

自殺がいいとか悪いとかそういう話ではなく。琴ちゃんがそういう選択をしたのなら、わたしも早奈さんのようにそれを受け入れたい。琴ちゃんを丸ごと受け入れたい。

そもそも、自殺の原因なんて、本人以外誰にもわからないのだ。それを他人がこうと決めつけていいはずがない。

すでに死を美化してしまっているような気もしないではないが、琴ちゃんは特別。琴ちゃんならいい。わたしの前に霊として出てきてくれてもいい。琴ちゃんの霊なら、たぶん、こわくないから。

琴ちゃんのことを早奈さんと話せた。

というこのことを善吾に話したい。早奈さんとそうしたように、直接会って話したい。

河原《かわら》番外地　ベルジュ江戸川一〇一号室

新《しん》川《かわ》剣《けん》矢《や》

土地公簿で地番の付いていない土地を番外地と言うらしい。

地番は、登記された土地に法務省が付した番号だ。それを基に住所が決められる。が、様々な事情から、付されないこともある。それらが番外地になるわけだ。

今、僕は、川を挟んだ向こうにあるその番外地を眺めている。旧江戸川へとまさに変わる辺りの江戸川だ。川幅は広いから、そこまでは百メートル以上ある。

このところ、何故かいつも見てしまう。散歩の途中に一度は寄ってしまう。そこから散歩をスタートさせたりもしてしまう。今日みたいに。

篠崎ポニーランドの川べりに立っている。川べりも川べり。低い柵を越えれば、ぼちゃんと川に落ちられる。

篠崎ポニーランドは、江戸川区がやっているレジャー施設だ。ポニーや馬車に乗れる。ポニーは子どもだけだが、馬車は大人も乗れる。無料らしい。

ランドといっても、ディズニーのようなランドではない。整備された河川敷の公園、という感じだ。でも雰囲気は悪くない。河川敷自体が広いから、いるだけで気分がいい。

僕が今いるここから見える、旧江戸川と江戸川のあいだにある中州のような陸。それが番外地だ。

初めて見たときからずっと気になっていた。この場所からだと中州のように見えるが、ちゃんと陸。川に沈んだりはしない。

中州に見えるその先端部は雑木林になっている。それが、右方に見える江戸川水門の辺りまで続いている。つまり細長く。

何なのだろう。と、ここ篠崎のアパートに住むようになって数年、ぼんやり思いつづけていた。思うだけ。見るたびに思い、離れれば忘れる。

でもここへきて時間ができたので、やっと調べてみた。

河原番外地。東京都江戸川区と千葉県市川市のあいだで、境界未定地となっているそうだ。河原は、川べりの意味の川原ではなく、市川市河原という町名からきている河原。そこと地つづきだから、便宜的に河原番外地と呼ばれているらしい。

この二つの自治体、もともとは江戸川の中心線で分けられていた。だが江戸川水門ができて、旧江戸川の流路が変わってしまった。江戸川区はもとの境界を維持すべきだと主張し、市川市は新たな境界をつくるべきだと主張した。未定のまま今に至るという。

法的には江戸川区の主張が正しいようにも思える。が、地図で見る限りは市川市であるようにも思える。実際、事情を知らない人が見たら、当たり前に市川市だと思ってしまうはずだ。

河川事務所の出張所は江戸川区が管理し、河川敷の野球場は市川市が管理している。この範囲に住民はおらず、もめているわけではないという。ごみ対策などでも両自治体は協力していて、関係は良好らしい。領土問題へと発展し、例えば江戸川区が市川市へ攻めこんだりしてはいないのだ。何よりです。

ともかく。明らかに存在しているのにどこだかはっきりしない場所。既存の枠から外れてしまった宙ぶらりんな場所。不思議だ。

そして散歩を始める。そのまま上流に向けて江戸川沿いの道を歩く。車は通れない道だ。通れるのは自転車と歩行者のみ。だから信号もなく、歩きやすい。

江戸川を右手に見ながらゆっくりと進む。

野球場。京葉道路の高架をくぐって、また野球場。その後、川は少し道に寄り、また離れる。で、今度はサッカー場が現れる。

そうやって二十分ほど歩いたところで今度は僕自身が河川敷を離れ、篠崎街道を挟んですぐ左の篠崎公園へ。

都立だけあって、この公園もかなり広い。葛西臨海公園には負けるが、江戸川区でもトップクラスだろう。

広場や遊歩道だけでなく、テニスコートやバスケットボールコートもある。やはり野球場もある。

今は無人の野球場のわきを歩き、そのまま公園を出る。

そして住宅地内の道を南下する。

その辺りには新しい一戸建ての家がたくさんある。若い世代も多く住んでいそうだ。

左折して鹿骨街道に入り、すぐに右折して篠崎駅通りへ。

さらに南下すると、都営新宿線の篠崎駅に着く。

そこでスーパーに寄る。晩ご飯にする弁当や明日の朝ご飯にするパン、その他諸々を買うのだ。

僕、自炊は、しようしようと思いつつ、しない。すれば食費が多少浮くのはわかっている。でもしない。多少だろうしなぁ、とも思ってしまう。そんな思考パターンをすでに百回はくり返している。

今日買物カゴに入れたのは、のり弁当と食パンとカットキャベツとペットボトルの緑茶と食器用洗剤と水に流せるトイレクリーナー。散歩は毎日するので、買物も毎日する。だから食料品は、基本、一日分しか買わない。

いつものようにセルフレジで会計をすませ、持参したレジ袋に買ったものを詰めて、スーパーを出る。

そこからアパートまでは二十分。

徒歩二十分は長い。小雨でも服が濡れてしまう距離だ。傘を差していてもそうなる。大雨なら腕や足は見事に濡れ、水を吸ったパンツの生地が腿にへばりついたりする。帰りにそうなるならまだしも、行きのそれはつらい。

ゆっくり歩き、江戸川沿いにあるアパートに向かう。散歩の締めくくりだ。

こうして平日に歩いていると、町は高齢者だらけであることがよくわかる。歩いているのも自転車に乗っているのも高齢者ばかり。新しい一戸建てが多いこの篠崎でもそう。少なくとも平日の昼間はそうなる。二十八歳の自分が異分子に感じられる。

自転車に乗った高齢の男性が、歩いている僕を追い抜いていく。

触れるか触れないか、というくらい近い。ぶわっという気配がいきなり来て、うわっとつい言ってしまう。

男性はそのまま去っていく。

後ろ姿から判断して、七十代、もしくは八十代。

僕が少しでも右にそれていたらぶつかっていただろう。そして転んでいただろう。僕がではなく、あちらが。

高齢者が自転車で転倒、はあぶない。下手をすれば骨折。それだけではすまない可能性もある。受身をうまくとれず、路面に頭を打ってしまう、とか。骨折をきっかけに寝たきりになる、なんて話もよく聞く。

本当にそんなことになったらたまらない。そこまでひどいことにはならなくても、転ばれただけでたまらない。

こちらは歩いていただけ。歩行者と自転車。しかも後ろから来たのが自転車。僕がわざとそれたのでもない限り、非があるのは自転車だ。

と、そうは言っても、高齢者相手では分が悪い。

こちらはただまっすぐ歩いていただけだとしても、自分はよけようとしたのに急に前に出てこられた、などと言われかねない。うそをついているのではなく、本気でそう思ってしまっているかもしれない。

もしそうなら、同居する家族にもそう言うだろう。家族がそれを鵜呑みにしてしまう可能性もある。本当に僕が急に前に出たのとだしても悪いのは自転車だが、後味はよくない。よくないどころではない。苦い。

何故か一気にそんなことまで考えてしまう。そうならなくてよかった、でいいはずなのに、そうなった場合のことを想像をし、無駄に憤ってしまう。

何なのだ、同居する家族って。独居者かもしれないだろ。転んだその男性が、転んでない僕に、ごめん、だいじょうぶ？　と言ってくれるかもしれないだろ。

やはり弱ってるな、とあらためて思う。ものごとを、悪いほうへ悪いほうへと考えてしまう。そうしたところでいいことは何もないと、わかってはいるのに。

そこで郵便局の前に差しかかる。

ＡＴＭでお金を下ろそうかと思うも、いや、ここは我慢、と素通りする。我慢したところでお金が増えるわけでもない。どうせ明日か明後日には下ろしてしまうのだが。結局は減る一方なのだが。

アパートは、ベルジュ江戸川。僕が住むのは一〇一号室。１ＤＫ。

今の僕にとって、ＤＫはもはや贅沢。駅から二十分歩かされる分、家賃は安いのだが、一刻も早くもっと安いワンルームのアパートに移るべきだ。駅から三十分歩かされるワンルーム、なんていいかもしれない。二十三区内で三十分歩かされる物件を探すのは逆に難しいだろうが。

このベルジュ江戸川は、ちょっと特殊な造りになっている。一階と二階で四室なのだが、間どりが全室同じではないのだ。僕のところと上の二〇一号室は同じで、一〇二号室と二〇二号室は２ＬＤＫ。

二階の二〇二号室のことはよくわからないが、一階、隣の一〇二号室には三人家族が住んでいる。お父さんとお母さんと娘さん、だ。

親二人とは、玄関のドアの前などで顔を合わせたらあいさつをするようにしている。おはようございます、こんにちは、こんばんは。そのどれかを言う。あちらもそうしてくれる。

顔を合わせたら、と言ってはいるが、実はその顔をよく知らない。ドアの前にいるからそこに住む人だと思ってあいさつをするだけ。その際にいちいち顔を見たりはしないのだ。むしろ見ないようにしている。それがアパート暮らしのマナーでもあるから。

これまでは顔を合わせること自体がほとんどなかったのだが、最近はよく合わせる。僕がアパートにいる時間が長くなったからだ。

そのため、娘さんとも顔を合わせるようになってしまった。顔がわかるようにもなってしまった。

この娘さんとは、そもそもちゃんとあいさつをしていなかった。親二人としているからいい、と軽視していたわけではない。単にしづらかったのだ、まだ中学生ぐらいだから。

僕は二十八歳。自分ではまだおっさんだと思っていないが、女子中学生から見ればそれに近いだろう。昼間も家にいるようになった、おっさん予備軍。そのあやしいおっさん予備軍が女子中学生に気安く声はかけられない。

なのに、今、アパートの敷地に入るところで、ちょうどその娘さんと出くわしてしまう。

あちらは制服姿。中学から帰ってきたのだ。もう一方の道、川と並行するほうの道を通って。

うわ、ヤバい、と思う。直前まで気づかなかった。ここでアパートに入らず素通り、は無理。住人でないふりをするのも無理。

しかたない、と覚悟を決めたところで。

「こんにちは」と先に娘さんが言ってくれる。

「あ、どうも。こんにちは」と変にあせって返す。

不審者感が出なかっただろうか、と不安になる。

そのせいで、やはり変に訊いてしまう。

「えーと、学校?」

「はい」と言い、娘さんが足を止める。

だから僕も止める。さらに訊いてしまう。

「今、帰りだ？」

「はい」

「この時間だと、えーと、部活とかは？」

言ってから思う。立ち入りすぎたか、と。

「ないです」そして娘さんは続ける。「といっても、今日はないだけです」

「ん？」

「水曜は、なし」

「あぁ、なるほど。ない日があるのか。休養日、みたいなものだ」

「はい。部活はやってます」

そう言われたら、やはりこう訊くしかない。

「えーと、何をやってるの？」

「バスケです」

「あぁ、バスケ」

そこ止まり。話は広げられない。僕は野球のことも知らないが、バスケのことも知らないのだ。選手も、八村塁《はちむらるい》ぐらいしか知らない。

だからこんなことを言ってしまう。

「じゃあ、あれだ、人差し指の先でボールをクルクル回転させたり、できるんだ？」

「わたしはできないです」とあっさり言われる。「できる先輩もいますけど」

「あぁ。そう」

　こうなったらこうなったで難しい。変に話してしまったせいで、引き際がわからない。

　と思っていると、やはり娘さんが言う。

「そっちは二部屋ですか？」

「え？」

「一〇一号室。って、二部屋ですか？」

「あぁ。一部屋、だね。えーと、ダイニングキッチンはある一部屋。１ＤＫ」

「そうなんですね」

「そう、です。何だろう。敷地の関係でそうしたのかな。土地の広さの関係で。でなきゃ、一人でも家族でも入居できるようにしたかった、とか」

「ここ、駅が遠いですよね」

「そう、だね」

「歩いて二十分は遠すぎ」

「うん。僕も今、駅から来たよ。ゆっくり歩いたから、二十分以上かかったかな」

「スーパーですか？」

「そう。弁当を買ってきた。晩ご飯」と、それが入ったレジ袋を掲げる。

　レジ袋はクシャクシャシワシワのつかい古し。ケチケチ感がすごい。今日は新しいレジ袋を買えばよかった。五円を惜しんだりせずに。

そこで僕は話を変える。というか、戻す。

「でも、川が近くていいよね」

「それも不便じゃないですか？　端っこで、遮られちゃうし」

「そうだけど。広い河川敷があるのは、よくない？　散歩とかできて」

「あぁ。まあ、それは。ポニーとか乗りました。小学生のとき」

「ポニーランドで？」

「はい。乗ったといっても、わたしは背中に座ってただけ。係の人に引かれたポニーがただゆっくり歩いてました」

「走ったらあぶないもんね。時代劇の馬みたいに走っちゃったら」

「それはこわい。振り落とされちゃう」

何の話だよ、と思うが、娘さんが笑ってくれたので、ほっとする。

「じゃあ、あの、部活も勉強も、がんばって」

「はい」

唐突な締め。でもしかたない。どうしたって、こんなふうにしかならない。

にしても、部活、だけでよかったかな、と思う。勉強、はなくてよかったか、と。そんなの大きなお世話だ。アパートの隣人に言われることではない。まず、がんばらなきゃいけないのは僕なのだし。

で、その夜。実家から電話がかかってくる。山形の父からだ。

ウチの場合、母より父がかけてくることのほうが多い。たぶん、母が父に言うのだ。ほら、剣《けん》矢《や》に電話がげで、と。

用件はこれ。

「まださぐらんぼ送ったがら」

さくらんぼは山形の名産だ。といっても、ウチがさくらんぼ農家だったりするわけではない。父は山形市内の住宅メーカーに勤めている。

それでも、僕が東京に出てから毎年、そうやってさくらんぼを送ってくれるのだ。僕としては、食べ慣れたさくらんぼよりメロンなどを送ってくれたほうがうれしいのだが。

そのことを伝えるのに要した時間は一分。

それで話を終えるのも何だと思ったのか、父は言う。

「すごどはうまぐいってるが？」

すごど。仕事、だ。

「うまぐいってる」とうそをつく。

「何が問題はねが？」

「ね」

「ご飯すっかり食ってるが？」

「食ってる」

「正月には帰るが？」

「たぶん、帰る」

たぶん、を付けてしまう。

「ほんじゃ、気つけでな」

「うん。ほんじゃ」

電話を切る。

切ってから、かあちゃんにもよろすく、と言い忘れたことに気づく。

今年の三月までは、電子部品をつくる会社に勤めていた。篠崎から馬喰横山まで、都営新宿線で通っていた。

勤めていて、通っていた。辞めたのだ。一応、自主的に。

そう言うと、含みがあるように聞こえてしまうかもしれない。別に会社が悪いと言っているのではない。そんなつもりはない。僕自身が実績を挙げられなかったのだ。そのうえ、結構なミスもしてしまった。大口の受注を取り消されてしまった。

同じ営業部の後輩にも見事に抜かれた感じがあった。一人だけではない。三人。一歳下の北島《きたじま》一行《かずゆき》くん、二歳下の奥田百合美《おくだゆりみ》さん、三歳下の福原奏斗《ふくはらかなと》くん。福原くんに関しては、当時まだ入社二年め。しかも一年めの新人のときに仕事を教えたのが僕。それでも抜かれた。

その自覚はちゃんとある。特に営業の場合、成績は数字にはっきり出てしまうからごまかしようがない。といっても、数字に表れない部分でのあれこれもあるのだが。

そう言うと、これまた含みがあるように聞こえてしまうかもしれない。含み。ないとは言わない。それがないようにうまく説明することは、たぶん、できない。

僕がした結構なミス。今でも、避けられたのかはわからない。避けられなかったような気がする。一方で、僕以外の人なら避けられていたのかも、という気もする。

ミスは誰でもする。わかっている。ミスをしたあとのフォローが大事。それもわかっている。が、限界はあるように感じた。

実際にミスをしたのは北島くん。先輩の僕がその責任をとる形になった。大口の受注を取り消された件がそれだ。

僕は北島くんと二人でその会社を担当していた。契約の手続きにまちがいがないか、北島くんに何度も確認した。しつこいぐらいに、した。

だいじょうぶですよ、と北島くんはそのたびに言った。最後には、いや、マジでだいじょうぶですから、とちょっといやな顔さえした。

で、北島くんはまちがえた。そこは僕が何度も確認した部分ではなかったが、それに付随する部分ではあった。当然慎重に確認しなければいけない部分ではあったのだ。

北島くんは怠った。それが大ごとになってしまった。先方に不信感を抱かせる結果となり、契約を取り消されてしまった。

何度も確認したよね？　と北島くんに言いたくなったが、言わなかった。あくまでも付随する部分であって、僕がそこに直接言及していたわけではなかったのだ。言わなくてもわかる部分。だから言わなかった。北島くん自身もわかっていたはずだ。

二人で当たっていたことなので、僕にも責任はある。一応、先輩だから、後処理はすべて僕がやった。僕がやるよ、と北島くんに言って。契約をなしにするための作業。つらい仕事だった。営業のなかで最もいやな仕事だ。

上司の平木《ひらき》澄恵《すみえ》課長に報告する際も、僕のせいです、と言った。確認が足りませんでした、と。

そしてまさに僕のせいになった。細かく説明していたから平木課長も事情は知っていたが、社内では、その件は新川《しんかわ》のせい、ということになった。それで処罰されるようなことはなかった。なかったからこそ、僕のせいで落ちついた。

北島くんが、いや、あれはぼくのせいですよ、などと言うことはなかった。まあ、それはいい。後処理だけでなく、初めからすべてを僕が一人でやっておけばよかったのだ、という見方もできなくはないから。

と同時に、こんな見方をすることもできた。

北島くんは初めから手を抜いていた。二人でかかる案件なので、うまくいったところで自分一人の成績にはならない。だから僕に丸投げした。自分でこんなことは言いたくないが、北島くんから見れば、僕はちょろい先輩だから。

いやな見方であることは認める。でも残念ながら確かだった。後に、そうだとはっきりわかった。廊下の角で北島くんが奥田さんにこう言うのを聞いてしまったのだ。

新川ちゃん、どうでもいいとこばっか言ってきて、肝心なとこ確認しないのよ。あれはマジでしんどかった。まさかおれのせいにしてねえだろうな。成績がよくないやつに限ってそういうことはするから。ほんと、勘弁してほしいよ。

まさに廊下の角、僕がそちらへ曲がろうとしたところで、新川ちゃん、という声が聞こえてきた。だから曲がらずに戻った。反射的にだ。

そのあとに、北島くんはそう続けたのだ。しんどかったと。勘弁してほしいと。

本気でそう思っていたのか、後輩の奥田さんの前でいい顔をしただけなのか。それは知らない。

何にしても、安～いテレビドラマみたいな状況だった。自分が言われた悪口を聞いてしまう。本気三割、いい顔七割、の感じかもしれない。

こんなことあるんだな、と思った。

新川ちゃん。僕はいつも周りからそう呼ばれていたわけではない。

上司の平木課長からもそう呼ばれはしなかった。平木課長は僕を新川さんと呼んだ。今や、くん、でも微妙なのだ。男性と女性を分けている、と見られてしまうから。

だがその廊下ではそう呼ばれていた。新川ちゃん、と後輩の北島くんにそう呼ばれていたのだ。

まあ、男女どちらにもちゃん付けはするから、その意味での問題はない。が、明らかに軽く見られていた。低く見られていた。一番しっくりくる言葉で言うと、バカにされていた。

奥田さんも、そこに関しては何も言わなかった。普段からその感じだったということだろう。奥田さんまで僕をそう呼んでいたかは知らないが、少なくとも北島くんはそう呼んでいた。それが当たり前になっていたのだ。

そんなふうに僕を見ていた北島くんが平木課長に、いや、あれはぼくのせいですよ、とは言わない。言うわけない。

そのとき僕は営業の外まわりから帰ってきたところだったのだが、引き返してもう一度外に出た。そして社屋があるブロックをゆっくりとひとまわりして、営業課に戻った。

あ、新川さん、おつかれっす、と北島くんは言った。

おつかれ、と僕も言った。

本当に疲れたな、と思った。

このときだろう。初めて会社を辞めることについて考えたのは。

ミスはまだどうにかなる。これからも、たぶん何度もする。でも、この環境に身を置くのはつらいな、置きつづけるのはつらいな、とはっきり思ってしまった。

会社に入って五年弱。すでに疲れてはいた。三年が過ぎたあたりでもう疲れは感じていた。

だがその三年が過ぎたときには、いくらか安堵も覚えた。新卒社員の三割が三年で退職すると言われているその三年を、どうにか乗りきれたからだ。

そこでは、もう少しがんばってみようと思えた。ここから上乗せしていこうと。

そして二年弱がんばった結果がそれ。

今度は、もういいかなと思えた。ここが潮時かなと。

会社というのはおもしろいところだ。いい意味でなく、どちらかといえばよくないほうの意味で、おもしろい。

本当にいろいろな人たちがいる。

大学までは、同い歳か、せいぜい一歳二歳ちがいと接するだけでよかった。会社はそうもいかない。いきなり十歳上、それどころか二十歳上三十歳上の親世代と接するようになる。

同い歳の者たちとの関係も変わる。学友、とはややちがった感じ。社友、や、職友、とは言えない感じになる。友、は付かなくなる。そこまで距離が近くはなくなる。

会社に入ってまず驚いたのは、やたらと人脈人脈言う人が多いことだ。

人脈をつくっておけ。人脈は大事だからな。どこで人脈がつながるかわからないからな。人脈をつくっておいて損はないからな。

まあ、そうなのだとは思う。意外なところで人脈がつながり、たすけられたりすることは確かにある。

でも、刷りこまれたようにそんなことばかり言う人たちが、僕はどうも苦手だ。

実際、刷りこまれているのだろう。たぶん、大学生のころ。就活の時期あたりに。

言う人は、すごく前向きな感じにそれを言う。

懇親会には顔を出すよ。そうすれば人脈が広がるから。知り合いをたくさんつくるよ。顔を売っとくよ。

それでいいのだと思う。人脈を広げるのは本当に大事なのだとも思う。だがそれが最優先でなくていい。それを最優先にするのは、どこかで人を利用しようとしているから。ギヴアンドテイクなんだけどまずテイクと考えているから。そうも思ってしまう。

　つまるところ、会社員としてはそれが正しい姿勢だと認識されているということなのだろう。だからその手の姿勢を求められてしまう。それを見せないと、覇気がないだのやる気がないだの言われてしまう。

　そうしたいわゆる同調圧力的なものは多々ある。僕がいた会社に限らない。それはほとんどの会社にあるだろう。

　大学で同じゼミにいて、今はソフトウェア会社にいる大道《おおみち》ほまれが前にＬＩＮＥで言っていた。

〈ウチは自由な社風がいい、みたいな感じを常に出さなきゃいけないのがちょっとしんどい。今はまだいいけど、歳をとったらかなりしんどいと思う〉

　わかるような気がした。

　そもそもはベンチャーだったその会社。成功してある程度規模が大きくなり、今はもうベンチャーとは言えなくなっている。オフィスはカラフルで、当然フリーアドレスで、参加自由の社内立食パーティーもたまにあって、という感じらしい。

　参加自由。よさげには聞こえるが、わからない。本当に全員が参加自由と思えているならいいが、現実的にはたぶんそうならない。カジュアルな服装の若き社長が、ほんとに自由だから、参加できる人はじゃんじゃん参加してよ、と言った時点で、それはもう自由ではない。

　ほまれは、僕が初めて付き合ったカノジョだ。初めてにしてこれまで唯一のカノジョ。

　ゼミが同じだったので、三年生のときから知っていた。四年生でそれぞれの就職が決まってから付き合った。働きだしたらすぐに別れてしまうかと思ったが、そうはならなかった。

　こちらも三年は続いた。でもそこまでだった。気になる人、がほまれにできて、終わった。同じ会社の人。自由な社風の会社にいる自由な気風の人、らしい。初めは自由な社風を不安視していたほまれも、うまくその社風になじんだのだ。ほまれが今どうしているのか、その人とどうなったのか。そこまでは知らない。

　会社には人脈人脈言う人も多いが、他人に対して、あの人は視野が狭い、と言う人や、あの人は人の話を聞かない、と言う人も多い。意見を変えなければ視野が狭いと言われるし、言われたとおりにやらなければ話を聞かないと言われる。

　そうした面倒なあれこれが積み重なって、僕はかなり疲れていた。すでに会社を辞める下地はできていたのだ。だから、ミスだけが原因で辞めたわけではない。その後も三ヵ月ぐらいは仕事を続けた。

　次の三月末で丸五年。年度替わりの四月には、転勤を伴う異動がありそうな感じだった。ミスが遠因となっていたのかはわからない。が、異動があること自体はまちがいなさそうだった。

　ならばと、そこで辞めることにした。

　その状態での転勤にはうまく対応できないだろうと思ったのだ。何がって、気持ちが。環境が変わるならむしろチャンス、と前向きにとらえることはできなかった。そうとらえることがもう、僕にとって前向きなことではなくなっていた。

　というわけで、平木課長に退職を願い出た。

理由は便利なこれ。一身上の都合。まずは口頭で伝えたのに、その言葉をつかった。

細かなことは訊かれないだろうと思った。実際、訊かれはしなかった。が、意外にも慰留された。

「もう少しがんばってみるという選択肢はない？」

平木課長があのミスに触れることはなかった。異動に触れることもなかった。まあ、異動に関してはまだ先の話だから、知っていたとしても言えなかっただろうが。

そうおっしゃっていただけるならもう少しがんばってみます。

とは僕も言わなかった。さすがにそこまで愚かではなかった。

平木課長も同じ。本気で僕を慰留するほど愚かではなかった。

一身上の都合、という言葉を今度は紙に書き、退職願として整えたそれを平木課長に渡した。

その翌日、部長室に呼ばれた。

そこで赤池得男《あかいけとくお》部長からはこう言われた。

「退職したいということでいいのかな」

「はい」

「もう決めたということなんだね」

「はい」

「一つ聞かせてほしい」

「何でしょうか」

「何かいやな思いをしたとか？」

「あ、いえ、そういうことでは」

「これはあなたのためではなくてね、我々のために訊いてるの。もし何かそうしたことがあったのなら至急改善しなきゃいけない。だから、正直に言って」

パワハラめいたものはなかったか、ということだろう。

なかった。

平木課長はその手のリスクを嫌い、慎重に部下と接していた。全員を公平に扱おうとしていた。それをわかりやすく見せようとしていた。

それでも、上司に対する多少の不満があるのは当たり前。社外の友人に飲みの席で愚痴としてこぼしたくなる類の不満なら、なくはなかった。でも部長室で部長に言うべきものはなかった。あったとしても、言わなかったはずだ。自分が辞めるからといって、人の評価を下げるようなことはしない。辞めるならすんなり辞めたい。

僕は赤池部長に言った。

「特に不利な扱いをされたとか、そういうことは一切ないです。課長は丁寧に指導をしてくださいました。感謝してます」

「そう。それならよかった」

部下の僕が辞めるだけでも、平木課長の評価はマイナスになってしまうのかもしれない。でもしかたない。そうさせないために辞めない。そこまではできない。

会社。というか、社会。それはこんなふうにつながっている。僕が会社を辞めるのも、僕一人のことではないのだ。

シビアだと思う一方で、案外いい会社だったのかもな、とも思った。

赤池部長も、辞めたあとに僕がＳＮＳであれこれつぶやいたりするのを恐れただけかもしれないが。

夏に一時間散歩をすると、汗をダラダラかく。

だから、帰ってきたらきっちり三十秒シャワーを浴びる。髪や体を洗ったりはせず、ただ汗を洗い流す。シャワーはお湯ではない。水。温めない。ガスはつかわない。

夏でも最初はひやっとする。うひゃっと声も出る。が、五秒で慣れる。冷たさはすぐに心地よさへと変わる。あとの二十五秒は、その心地よさを精一杯楽しむ。

三十秒、はものたとえではない。実際に数える。絶対にその三十秒に収めるつもりで。

汗ダラダラ、Ｔシャツとボクサーパンツはビタビタ、の状態でアパートに帰り、Ｔシャツとボクサーパンツを洗濯機に投げこんで、フロへ。で、きっちり三十秒。

収入がない今の状態で一日二度のフロ。それはなしだな、と思った。つまり、水道代をケチった。

髪や体は夜洗う。そのときも同じくシャワーのみで時間もせいぜい十分程度だが、そのうえ五分十分はきつい。倍まではいかないだろうが、下手をすれば水道代が五割増しになってしまう。それは避けたい。

とはいえ、炎天下一時間歩いて汗はそのまま、というわけにもいかない。そこでその三十秒作戦を思いついた。

六月の終わりからやっているので、最近は慣れたもの。三十秒もいらない。平均二十五秒でいけたりする。頭、腕、肩、胸、わき、下《しも》、足、足の裏。こないだ二十二秒でいけたときは、おぉ、新記録！　と声が出た。そのゲーム性をちょっと楽しめるようになったわけだ。

フロから出たら、夜もつかうバスタオルで体を拭き、新たなボクサーパンツを穿いて、水を飲む。

ただの水道水。五百ミリリットルサイズのペットボトルに入れて冷やしておいただけ。でもそれで水道水特有のあの臭みはなくなるのだ。これはちょっと意外だった。

僕は水自体をガブガブ飲みはしないが、飲むなら水道水を飲む。でもさすがに夏はきついな、と思っていた。生ぬるくておいしくないのだ。

そんなとき、水道水を冷蔵庫に入れて冷やしておけば臭みはとれる、とのネット記事を読んだ。半信半疑でやってみたら、本当だった。これはいい、ということで、そうするようになった。

水がおいしいかおいしくないかは、結局、あの臭みがあるかないか。水自体は無味だから、あの臭みさえなければおいしいのだ。

いや、水自体に味はありますよ、と言う人や、水道水をペットボトルに入れて冷やすとか貧乏くさくていや、と言う人は無理だろう。

　でも僕はそう言う人ではないので、余裕。むしろその冷やした水を飲むたびに得をした気分になる。確かに貧乏くさい。が、広く見れば、これもまたゲーム性を楽しんでいるということだろう。


　と、まあ、ゲーム性を楽しむのはいい。健全な楽しみ方だから、いい。

　でもまずいよな、と一方では思う。

　何が？　自分がまだ再就職に向けて動きだしていないことが。篠崎をただ一時間歩きまわるだけで、そちらに向けて歩きだしてはいないことが。

　僕が会社を辞めたのは三月末。一ヵ月ぐらいは休むつもりでいたが、今はもう八月。何もせずに四ヵ月強が過ぎている。

　やはりこたえてはいたのだと思う。想像以上に弱ってもいたのだと思う。

　退職してからは、アルバイトもしていない。したらしたですぐに辞めるわけにもいかないので、しなかった。この先もアルバイトでいいや、と思ってしまうことへのこわさもあった。億劫なので、ハローワークにも行っていない。だから失業手当ももらっていない。

　で、ズルズルここまで来てしまった。春は梅雨になり、梅雨は明けて夏になってしまった。で、シャワーを三十秒。で、おぉ、新記録！

　働いていないのだから、当然、時間はある。ではいつも何をしているのかと言うと、図書館に行っている。そこで本を読んでいる。

篠崎駅前にある江戸川区立篠崎図書館。蔵書数が多いわけではないが、ここはとてもきれいで、居心地がいいのだ。しかも午後九時半まで開いている。

さすがにその時間まではいないが、午後七時ぐらいまでならいることもある。その後スーパーで割引弁当を買って、アパートに帰るのだ。

初めは本を借りるために行っていたが、じきに、借りたそれらを持って二十分歩くのがバカらしくなり、閲覧室で読むようになった。

小説やノンフィクション。行けば、通して一冊は読む。そうできるだけの時間はずっといる。

会社にいたときは読めなかったものを、片っ端から読んでいる。そのころから読みたいと思っていたものは大方読んでしまい、今は現場で見つけて読みたいと思ったものを読んでいる。本を読んでさえいれば、時間を無駄にしてはいないと思えるので。

本だけではない。退職してからは、それまでは見なかった類のテレビ番組も見るようになった。

本放送で見るのではなく、無料配信で見るのだ。そちらは主に報道やノンフィクション。

一週間ほど前には、深夜に複数回放送していたらしいアート番組をまとめて見た。

解説などはなし。いわゆる現代アーティストの創作過程を淡々と見せる、という番組。

創作されていたのは、絵画、彫刻、工芸、といった一言で表すのは無理なものばかり。僕の如き凡人にしてみれば、わけのわからないものばかりだった。

でも、すごいな、と思った。その手のものを初めて本気ですごいと思った。

わけがわかるようになった、のではない。わけはわからない。そこはそのまま。ただ、アートというものの意義をちょっとだけ理解できるようになった。

その色彩や形を僕が生み出せるかと言ったら、絶対に無理なのだ。その発想はどこにもない。僕に限らない。たぶん、その人以外にはない。

僕のような素人は、僕のような素人が適当にやればつくりだせるのではないかと、一瞬思ってしまう。アートっぽい作品がたまたまでき上がってしまうのではないかと。

そんなことはない。絶対にそうはならない。アーティストが自ら求めてつくったものと、僕のような素人が適当にこしらえたものは、明確にちがうのだ。

そこには理屈もない。意味などない。何でここはこの色なんですか？　何でここはこんな形なんですか？　これは何を象徴しているのですか？　何を表現しているのですか？　そんな質問自体に意味がない。ほかにないものであるかどうか。そして発想しただけでなく、色や形をつけてそれを実際に示せたかどうか。大事なのはそこなのだ。たぶん。

いや、ちがいますよ、と現代アーティストのかたがたにあっさり言われてしまうかもしれない。色にも形にも意味はありますよ。象徴してますし、表現してますよ。と。

だとしても、それでいい。僕自身が僕なりに理解したことが大事。僕自身が理解した気になったそのことは無駄にならない。

で。

アートを少し理解した気になった僕がついにアートに目覚め、もう会社勤めはいい、とばかり、わけのわからなさを目指して創作活動を始めたかと言えば、そんなことはまったくなく。

凡人には凡人の生活があり。

僕はとりあえずやかんを買いに出る。

そう。壊れたのだ。それまでつかっていたやかんが。

といっても、そこはやかん。いきなり底が抜けたとか、取手が外れたとか、そういうことではない。何となく水が漏れるようになった。お湯を沸かしたあとにガスコンロからやかんをどけてみると、毎回同じ場所に一定量の水が垂れているのだ。

まあ、それだけ。お湯を沸かせないわけではない。気にならないといえば気にならない。事実、そうなってもう半年が過ぎている。時間の経過とともに漏れる量が増えてきた、ということもない。

が、ふと考えたのだ。

やかん。古くなったとかあちこちに焦げ目がついたとかなら、そのままつかっていればいい。ただ、水が漏れるようになったら、それはやかんの寿命、替えどきということだよな。何だかんだで十年近くつかっているはずだし。

でもやかんはもっと長もちしそうな気がする。使用頻度によるのかもしれないが、倍の二十年ぐらいもちそうな気もする。

例えば実家のやかんは、替わったという記憶がない。やかん自体がどんなものだったか覚えていないが、あ、やかんが新しくなった、と思った記憶もない。

とはいえ、毎回、直に火を当てられているのだ。なのに十年近くもつだけでもすごい。

もう九年以上つかっているのだ。大学に行くために僕が山形から出てきたのが十八歳のとき。以後ずっとつかっているから。

初め僕は、大学があるのと同じ線、東急田園都市線の二子新地に住んだ。隣の二子玉川にしたかったのだが、微妙に家賃が高かったのでそちらにした。

二子玉川と二子新地。二つの駅自体はすごく近い。四百メートルも離れていない。でも多摩川を挟むので、前者は東京都、後者は神奈川県になる。

だからなのか、二子新地だと、家賃が微妙に安くなった。駅から徒歩四分なのに五万円以内というアパートも見つかったので、そこに決めた。

二子新地はとても便利だった。二子玉川でたいていの買物はできたし、途中からは映画も観られるようになった。僕の在学中に映画館ができたのだ。

大学の先の渋谷までも二十分かからずに行けた。今に当てはめて言うと、アパートから駅まで歩くあいだに渋谷に着けてしまうのだ。そこをくらべる意味もないが、便利だったな、とあらためて感じる。

山形県民から一気に東京都民になるつもりが、その一歩手前の神奈川県民。少しだけ残念に思ってはいたので、就職したときはどうにか都民になれる篠崎を選んだ。駅から二十分歩くのは我慢して。

で、やかんだ。

人はやかんをどこで買う？　通販？　形が形だけに、結構な送料をとられそうだ。とられないために高いものを買うのもバカらしい。

散歩がてら、安いやかんを求め、あちこちの店を訪ねてみることにした。時間はあるのだからかまわない。

まずは駅のほう。スーパー二軒。思ったより数はあったが、決定打はなし。保留。

そこで、さらに東、これまでは行ったことがなかったホームセンターへと足を延ばした。アパートからだと、そこまではトータル三十分だ。

さすがはホームセンター。スーパーにはなかったものもいくつかあった。形がちがうもの。材質がちがうもの。形や材質は同じだが容量がちがうもの。多くのなかから選ぶことができた。

あれこれ見たうえで僕が選んだのは、丸っこい笛吹ケトル。その曲線がいい。キュートだ。一・六リットルサイズ。たぶん、今までつかっていたものと同じ。

一人暮らしならこれで充分。もっと小さなものでもだいじょうぶはだいじょうぶだが、それはそれでつかいづらそうなので、そちら。

これまで同様、笛を吹いてくれるのもいい。

僕、たまにやらかすのだ。やかんを火にかけていたのを忘れてトイレに行ったりしてしまう。せっかくの笛吹タイプなのに、吹き口の蓋を閉め忘れて空焚きしてしまったこともある。笛吹タイプでなければ、さらにやらかしてしまうと思う。

そうなったら、ガスコンロが検知して自動で火を止めてくれるはずだが、万が一ということもある。集合住宅での火。それは絶対にダメ。

ちょうど近くに店員さんがいたので、念のため、訊いてみることにした。

「すいません」と声をかける。

「はい」

店員さんは小走りに寄ってきてくれる。

二十代半ばの女性。僕より二つ三つ下、という感じの人だ。

「ちょっとお訊きしたいんですけど」

「何でしょう」

「これ、ＩＨ対応と書いてありますけど、もちろん、ガスもいけますよね？　ＩＨ専用ということではないですよね？」

「ないです。だいじょうぶです」

せっかくなので、ついでに訊く。

「ＩＨ対応って、結局、何ですか？　何がちがうんですか？」

「材質ですね。ＩＨは、鉄とかステンレスとかホーローとかはつかえるんですけど、アルミ製とか銅製とかのものはつかえません。土鍋みたいな陶磁器もダメですし。あとは耐熱ガラスなんかもダメです」

「あぁ。材質」

「まあ、ガスならだいたいのものはいけますよ」

「そうですか。よかった」

「このＩＨ対応って、基本的に、ＩＨをつかってる人向けに書かれてるようなものなので」
「なるほど。そういうことなんですね」
わかりやすい説明にちょっと感心する。店員さん。アルバイトではなく、社員なのだろうか。

胸に付けた名札には、かぢ、と書かれている。ひらがなだ。

ぢ、がいい。梶さんではなく、加地さんなのかもしれない。

そう入力しても、加地、と変換されるはずだから、かじ、でもいいのだ。でも、わかる。それが自分の名字なら、僕も、かぢ、と書きたくなるだろう。地面をひらがなにする際も、ぢめん、としたくなるから。

最近、こうした名札は、ほどんどの店が名字のみの記載とするようになった。店員さんの個人情報保護及び防犯措置。あれこれ端折って簡潔に言えば、お客のストーカー化対策、だろう。

名字のみでひらがなな。充分だと思う。確かに、フルネームである必要も漢字である必要もないのだ。男性店員さんでもそれでいい。

かぢさんが言う。
「実はわたしもつかってますよ。そのやかん」
「あ、ほんとですか？」
「はい。笛、ちゃんと吹いてくれます。お湯が沸いたことをしっかり教えてくれます。最後は音がかなり大きくなるので、火にかけてるのを忘れることはまずないです」
「そうですか。まあ、ウチは仕切りがない１ＤＫなので、音が鳴ってくれさえすれば気づけるかと」

「じゃあ、確実にだいじょうぶです。変な話、トイレに入ってても気づきます。ラストスパートではほんとに大きくなるので、あわてて火を止めに走りますよ」

そこでのラストスパートという言葉にちょっと笑う。やかん側のラストスパートなのか、ガス側のラストスパートなのかがよくわからなくて。

「じゃあ、これ、買わせてもらいます」

「ありがとうございます」

「箱ごとレジに持っていけばいいんですよね？」

「はい。お願いします」

軽く頭を下げてかぢさんと別れ、レジへと向かう。

通路を歩きながら、考える。

まだ僕はだいじょうぶ。この丸っこいやかんをちゃんとキュートだと思える。そのかわいさを楽しもうとする感覚を持てている。

いや、でもこの丸っこさをキュートだと思えるようになったのは、アート番組で感覚を鍛えられたからなのか。

と、そんなことを言っている時点で、僕のアート感覚の鈍さがわかる。やかんが丸っこいからキュート。もうまさに凡人の感覚だ。凡人も凡人。ド凡人。

そこで、意外なものに目が留まる。

風鈴だ。通路わきの商品棚にいくつか付けられたそれ。

まだ売ってるのか、と思い、足も止める。

じき夏も終わり。最終処分、ということかもしれない。実際、数は多くない。

風鈴が売られているのを初めて見たような気がする。要するに、これまでは目が留まらなかったということだろう。

そのうちの一つ。鐘のようなデザインの鈴に、朝顔の絵が描かれた短冊。これぞまさにの風鈴。ド凡人がいいと思いそうなそれ。

実際、いいな、と思う。ついでに買っちゃおう、と。

衝動買いなんて、本当に久しぶりだ。退職してからということではやはり初めてかもしれない。でも衝動買いをすること自体に、ちょっとそそられる。

そんなわけで、僕はやかんと風鈴を買い、ホームセンターをあとにする。

そこからアパートまでは三十分。

汗をダラダラかいてしまうが、別にいい。三十秒のシャワーとよく冷やした水道水。そこに風鈴の音が加わるのだから、暑さなど吹っ飛んでしまうだろう。いや、吹っ飛びはしないまでも、風鈴の音が優しくどこかへ押しやってはくれるだろう。

篠崎の住宅地を歩く。広くはない道だ。

自転車のおばちゃんが前から走ってきたので、ちょうど段差がないところで早めに歩道から車道に下りてやり過ごす。

おばあちゃん、とまではいかないおばちゃん。すれちがいざま、ちょっと頭を下げてくれる。僕もあわてて下げ返す。

予想外だったので、恐縮してしまう。自転車でガッタンと段差を下りさせるのは悪いから歩きの僕が下りただけなのだが、当てつけがましい感じになってたかな、と思う。

その後、アパートの近くでは、小さな女の子と手をつないで歩いていたお母さんを追い抜く。女の子が何か訊き、お母さんが答えている。女の子はずっとお母さんを見ているが、お母さんは答え終えると前を見る。車や自転車が来たらあぶないからだ。

こんなとき、僕らはよく子どもに焦点を当てる。お母さんに愛されている子ども、親からの愛を受けて育っている子ども、との見方をする。

多くの愛を受けとっているのはお母さんのほうなのだろうな、とふと思う。つながれた子どもの手からお母さんの手には、何というか、もう、無条件に愛が注がれているのだ。プラグをコンセントに差したらそれだけで微量の電流が流れてしまうように。

でも子どもの手から注がれる愛は微量ではない。多量。そんなふうに愛を注がれ、与えられているのは、むしろお母さんのほうだ。

おいおい、何だよ、どうしちゃったんだよ、と苦笑する。

単に僕自身が女の子よりお母さんのほうに歳が近くなったからそう感じるだけかもしれない。あるいは、この親子はたまたまそう見えただけかもしれない。

でも、まあ、僕はいくらか持ち直しているということでもあるのだろう。今の僕は、少なくとも、ものごとを悪いほうへ悪いほうへ考えようとはしていない。いいほうへ考えようとしている。大したそれでもない親切にもちゃんと頭を下げてくれる人がいて、ないない言いながらもあるべき愛はちゃんとある、この世界。

どうにかなる。ような気がする。

アパートに戻ると、まずシャワー、とはいかず、僕はベランダに出て、物干し竿を掛けられる金具のところに風鈴を付ける。

すぐには風が吹いてくれないので、自分でふっと息を吹きかける。

チロリン、とやわらかで涼しげないい音が鳴る。

何故か泣きそうになり、笑う。

そしてその夜。ウィンウォーン、と今度はチャイムが鳴る。

午後九時。まさか父からのさくらんぼ第二弾ということはないよな、と思いつつ、インタホンの受話器をとって言う。

「はい」

「あ、剣矢？　おれ」

「はい？」

「箕輪《みのわ》」

「箕輪って、箕輪？」

「そう」

箕輪雅親《まさちか》。大学の同期生だ。

「何、どうした？」

「近くまで来たから寄った。出てもらっていいか？」

「うん」

すでに掛けていたチェーンを外し、カギを解いてドアを開ける。

外には雅親がいる。それともう一人。女性。

「車、勝手に駐めちったよ。空いてたから」と雅親が言う。

「たぶん、だいじょうぶ。実際、駐車場は空いてるはず。誰もつかってないはず」

「カノジョを紹介しに来た。ちょっとだけ入れてくんね？　ほんとにちょっと。座りもしないよ。すぐ帰る」

「まあ、座るぐらい、いいけど」

自身が奥へと下がり、二人を招き入れる。

「うわぁ。ここ、久しぶり」と雅親が言い、

「お邪魔しま～す」とカノジョが言う。

「引っ越しを手伝ってくれて以来、だよね？」と僕。

「だな。座んないと言ったけど座るわ。立ってんのも何だから」

そう言って、雅親はベッドの縁に座る。カノジョと僕が立ったまま。変な感じだ。

「ディズニーに行ってきたんだよ。今日はシーじゃなく、ランド。その帰りに寄った」

「遠くはないけど。結構なまわり道でしょ」

「でも、ほら、こっちにはあんまり来ないから。ディズニーんとこのは高そうなんで、ホテルもこっち寄りだし。言っちゃうと、ラブホだけど」

「何で言っちゃうのよ」とカノジョが笑う。

茶髪。むしろ黒髪が似合いそうな、色白の人だ。

「浦安と葛西のあいだに妙見島ってあんじゃん」と雅親が言う。「あの、ほんとに島みたいになってるとこ」

「あぁ。うん」

「その妙見島にぽつんとラブホがあるんだよ。何でそこに？　って感じで。前から行ってみたかったんだよな。だからいい機会だと思って。で、ラブホついでに剣矢のことも思いだした。そういや近いじゃんて」

「ラブホついで」とカノジョがやはり笑う。

「これ、セリア」と雅親がそのカノジョを僕に紹介する。

真壁《まかべ》芹《せり》亜《あ》、だそうだ。歳は僕らより二つ下。

「映画館で働いてんだよ。渋谷のシネコン」

「といっても、アルバイトだけどね」と芹亜さん本人が言い足す。

「おれは不動産なんで火水休み。芹亜も映画館で平日休みだから、ちょうどいいわけ」

雅親は不動産販売会社に勤めている。僕の父とちがい、つくるほうではない。売るほうだ。生まれは世田谷区。大学のすぐ近く。そこへは歩いて通っていた。

「そもそもおれら、知り合ったきっかけもそれだからな」

「それって?」と尋ねる。

「映画館てさ、水曜はサービスデイってとこが多いじゃん。だからおれ、休みの水曜によく行ってたのよ。そしたらそこに芹亜がいて。おれが毎週のように行くもんだから顔を覚えてくれて。そんで、ちょっとしゃべるようになって。おれは毎週のようにじゃなくてほんとに毎週行くようになって」

「本当に毎週水曜だったもんね」と芹亜さん。

「そうそう。その映画を観たいからとかじゃなくて、やってるなかから選んでた。シネコンといってもスクリーンが六つしかないからさ、選ぶのは大変なんだよ。毎回消去法で、残ったのを観てた。でもそういうのが案外おもしろかったりもしてさ。で、ついに付き合った」

「そう、なんだ」

「この時間ならいるだろうと思って、連絡しないで来ちゃったけど。よかったよ、いてくれて。帰りがもっと遅い日もあるだろ?」

「まあ」と言って、ごまかす。

会社を辞めたことは言わない。雅親には言ってもいいが、初めて会った芹亜さんの前で言うのはさすがに気が引ける。

「でさ」

「うん」

「おれら、結婚すんだわ」

「え、そうなの？」

「そう。ただフラッと寄ったわけでもなくて。実はこれを言いに来た。式と披露宴に出てくれって」

「あぁ。えーと、おめでとう。いつ？」

「十一月二十二日。勤労感謝の日の前の日。だから平日なんだよな。会社の人たちに合わせて、それも水曜。剣矢は土日祝休みだよな？　そのどこかじゃないと、やっぱきついか？」

「いや、それはいいけど。でも、行かないほうがいいかも」

「ん、何で？」

　こうなったらしかたない。言う。

「辞めたんだよ、会社」

「え、マジで？」

「マジで」

「いつ？」

「三月。年度末」

「今は？」

「働いてない」

「次は？」

「決めてない」

「何だ。そうなのか」

「だから、行かないほうがいいよね」

「いや、来いよ」

「よくないでしょ。無職のやつがそんなおめでたい席に行くのは」

「関係ないよ、そんなの。なあ」

「うん」と芹亜さん。「わたしもバイトの友だちとか呼ぶし」

「いや、僕はバイトもしてないし」

「いいって」と雅親。

「箕輪はいいかもしれないけど。親御さんはやっぱり」

「いやいや。無職の友だちは呼ぶな、なんて言わねえよ。そんないやな親じゃねえって」

「そう、だろうけど」

「剣矢自身がいやならしかたないけど。そうじゃないなら来てくれよ。これマジで」そして雅親は言う。「返事は今じゃなくていいからさ。考えといて」

「うん」

「さて。じゃ、行きますか。ラブホ」

「だからラブホって言わない」と芹亜さん。

風鈴のときは泣きそうになって笑ったが、今はただ笑う。

それを聞いて、笑う。

「夫婦はラブホに行かないだろ」

「ダメでしょ。たとえ夫婦だって、ラブホ行くとか人に言わないよ」

「いいだろ、結婚すんだから」


また河原番外地を見ている。江戸川と旧江戸川のあいだにある、あの中州のような陸だ。いる場所もいつもどおり。篠崎ポニーランドの川べり。低い柵を越えれば川にぽちゃんと落ちられるあそこだ。

今日はここスタートではない。散歩はほぼ終了。

上流のサッカー場のその先、ラグビー場まで行って、戻ってきた。河川敷の道を往復したのだ。行きは右手に江戸川を見て、帰りは左手に見て。で、今立ち止まって見ているのが、河原番外地。

九月下旬。なのにまだ昼は暑いが、朝晩はだいぶ涼しくなった。

日々穏やかに活躍してくれた風鈴も、そろそろ休ませるつもり。買ったのが八月だから今年は短かったが、来年の夏はフルに活躍してもらおう。梅雨明けとともにベランダに出してしまおう。

と、そんなことを考えていると、背後から声をかけられる。

「もしかしてベルジュの人ですか?」

振り向いて、言う。

「はい？」

二メートルほど離れたところに女性が立っている。僕と同年輩。

その女性が再度言う。

「ベルジュ江戸川に住んでる人ですか？」

「あぁ。はい。そう、です」

どうしてそれを？

女性が説明してくれる。

「わたしもです」

「え？」

「一〇一号室、ですよね？」

「はい」

「わたしは二〇一。上です」

「あ、そうなんですか。二〇一号室」

「はい」

何を言うべきかわからず、こんなことを言ってしまう。

「1DK、ですよね？」

「そうです。同じです。たぶん、なかの造りもまったく同じなんでしょうね」

「そう、でしょうね」

「ベッドは、ベランダに出る窓に向かって左側、じゃないですか？　そこに置いてませんか？」

「えーと、そうですね。そこです」

「冷蔵庫は流しのわき」

「それも、そうですね」

「まあ、冷蔵庫は、わたしたちの部屋に限らず、たいていそこでしょうけど」

「そうですね」

　三連続そうですね。バカっぽい。何か気の利いたことを言おうとするが、何も思いつかない。そこでとっさに思いつけるなら、会社での営業成績も、もう少しよかったのかもしれない。

　女性がさらにこんなことを訊いてくる。

「いつもいらっしゃいませんか？」

「はい？」

「ここに」

「あぁ。えーと、そうですね。いつもというか、たまにというか。まあ、いつも、ですね」

「前に一度お見かけして、あれ、ベルジュの人じゃないかな、と思ったんですよ。そのあともう一度お見かけして。それで今日もいらしたんで、つい声をかけてしまいました。やっぱりベルジュの人だろうと思って」

「そうでしたか。何か、お恥ずかしい」

「お散歩、ですか？」

「はい、一応。いや、一応じゃなくて、散歩です。完全に」

「完全に」

「ラグビー場のところまで行ってきました。そこの道を歩いて」

「ラグビー場、があるんですか？」

「はい」

「サッカー場ではなく？」

「その先です。サッカー場があって、その先にまた野球場がいくつかあって、さらにその先」

「小岩、というか、総武線のほうですか？」

「そこまでは行かないです。でも住所はもう東小岩なのかな。篠崎公園の辺りよりは先です」

「篠崎公園も、わたし、行ったことがないんですよね。行こう行こうとは思ってるんですけど、結局、行く理由がなくて」

「まあ、野球場とかテニスコートとかがあるだけですからね。あとは、バスケットボールのコートとか」

「バスケットボールのコートもあるんですか？」

「コートといっても、屋外で、下は道路と同じアスファルトか何かです。ゴールが設置されてるだけ」

「設置は、されてるんですね」

「はい。ちゃんと二つ。コートの広さにはなってるんでしょうね。普段はそれぞれのゴールを、別のグループの人たちがつかうんでしょうけど」

「知ってらっしゃるということは、行かれたことがあるんですか」

「はい。バスケをやりにとかではなく、やっぱり散歩で」

「あぁ」そして女性はこう尋ねてくる。「ここでは、川を見られてるんですか？」

「川をというか、あの陸を、ですかね。中州みたいなあれ。中州ではなくて、れっきとした陸ですけど」

「でも確かにここからだと、中州みたいに見えますよね。というか、中州にしか見えないですよね」

「そう、ですね」

女性が歩を進め、僕の右に立つ。やはり二メートルの距離はとって。そして川を見ながら言う。

「あんまりないですよね、こういうとこ」

「ないでしょうね。こうまではっきり、ここで川が分かれます、みたいになってるところは」

「ほんとに、川、分かれま～す、ですもんね」

「はい」

「でも例えば多摩川とかならあるのかな」

「あぁ。ありますね」

「知ってるんですか？」

「はい。前に住んでたことがあるので」

「へぇ。世田谷とかそっちのほうですか？」

「いえ。残念ながら川を渡った側です。川崎市。残念ながらなんて言ったら、川崎の人たちに失礼ですけど。多摩川には、確かに、そのもの中州になってるところが結構ありますよ」

「旧多摩川と分かれたりもするんですか？　旧江戸川みたいに」

「それはしないです。中州があるだけ。くねくね流れてる川だと、そうなるんですかね。江戸川も、ほんとに上流だと、中州がありますよね。三郷の辺りじゃなかったかな」

「埼玉の」

「はい。橋が架かってたりするわけではないので、簡単に上陸はできないでしょうけど。多摩川のほうは、わりといくつもあって、浅いところだと人が行けたりもするみたいですよ」

「そうなんですね」

「はい」

　そこでしばしの間ができる。

　まさか多摩川の話をするとは思わなかった。川崎という言葉を口にするとも思わなかった。

「あの」と女性が言う。

「はい」

「わたしを、見てわかりました？」

「はい？」

「ベルジュの住人だって」

「あぁ。すいません。わかりませんでした」と正直に言う。

「ということは、今も確証はないということですよね」

「そう、なりますね」

「だとすれば、わたし、不審者じゃないですか」

「いえ、不審者ではないと思いますけど」

「だって、同じアパートの住人を騙《かた》るあやしい女、ですよ」

「騙って、るんですか？」

「騙ってないですけど」

「じゃあ、不審者ではないですよ」

「それを信じちゃってだいじょうぶですか？」

「え？」

「騙ってる可能性は、ありますよね」

「騙ってないんですよね」

「ないですけど」

「じゃあ、いいですよ」

「それをまた信じちゃってだいじょうぶですか？　って、きりがないですけど」

「もし何かを売りつけられたり何かに勧誘されたりしたら、不審者だと思うことにしますよ」

「うわ、プレッシャー。これでわたし何も売りつけられないし、何も勧誘できない」と女性が笑う。

「しないでくださいよ、どっちも」と僕も笑う。

「しません。だいじょうぶ。わたし、本物です。本物の二〇一号室の住人です」

「そうなんだと思います。疑ってないですよ。あいさつは、何度かしてますよね。階段のところでお会いしたときなんかに」

「してますね」

「お顔をはっきり見たりはしないので、失礼ながら、覚えてはいませんでしたけど」

「わかります。そうですよね。ただあいさつをするだけのときに、まじまじと顔を見たりはしないですもんね。むしろ目はそらす感じにするし」

「はい」

「わたしもそれは同じです。だから実は、ここで二度お見かけしたあと、逆にまじまじと見ちゃいました。アパートの近くで、ちょうどお帰りになったのをお見かけしたこともあって。すれちがうとかじゃなく、わたしが横から見るような感じで。それで、確信しました。川の人イコールベルジュの人だって」

「川の人」

「失礼しました。そんな言い方もないですね」そして女性は言う。「わたし、二〇一のサノです。普通の佐野に、ツキツキのトモに香水の香で、佐野トモ香です」

ツキツキ、の意味がわからなくて、一瞬とまどう。が、すぐに気づき、言う。

「あぁ。朋香さん。月月」

「はい」

名乗られたからには、僕も返す。

「一〇一の、新川です。新しい川に、剣道の剣に矢印の矢で、新川剣矢」

「その剣にその矢。カッコいい。というか、勇ましい」

「いやぁ、名前負けです。ちっとも勇ましくないです。勇ましいこと、したことないです」

「しないほうがいいですよ。今、変に勇ましいことをすると、どこで逆恨みされるかわからないから」

「そう、ですね」

「これまた失礼ですけど、新川さん、おいくつですか？」

「二十八です」

「わっ。同じ」

「あ、そうですか」

「今年度二十八歳、ですよね？」

「はい」

「同学年ですよ」

「あぁ。それはそれは」

「としか言いようがないですね」

「まあ、そう、ですね」

「でも同い歳の人って、学生でなくなると、そんなには会えないですよね」

「会えないですね」

「会えたところで、同い歳って理由だけで親しくなることもないですけど。会社の同期とだって、学生時代の友だちとみたいに親しくはならないし」

「はい」

「でもまさか自分の部屋の下に同い歳の人がいるとは。音、うるさくないですか？」

「はい？」

「わたし、何かでうるさくしちゃってないですか？　テレビの音とか足音とかで」

「あぁ。だいじょうぶです」

「ほんとですか？」

「ほんとですよ。まったくだいじょうぶです」

「よかった。自分がどのぐらい音を出してるかって、案外わからないんですよね」

「たま〜に足音が聞こえるくらいです。といっても、うるさい音ではなくて。あぁ、今いらっしゃるんだな、とわかる程度です。気配を感じる程度」

「気配は感じるんですね」

「あ、いえ、そう言っちゃうと、何かあれですけど。決して、気配を感じようとしてるわけではないです」

「何ですか、それ」

「天井に耳をつけたりもしてないですし」

「天井に耳をつけるの、大変！」

特に冗談のつもりでもなかったが、佐野さんは笑ってくれた。よかった。

「じゃあ、防音はそこそこしっかりしてるんですね。ベルジュ」と佐野さんが続ける。

「そのベルジュって、何なんですかね」と僕。

これも質問のつもりではなかったが、答はすんなり来る。

「土手ですよ」

「そうなんですか？」

「はい。何なんだろうとわたしも思って、調べました。フランス語で、土手。英語で言うバンクなんですかね」

「あぁ。銀行じゃないほうのバンク」

「ベルジュ江戸川。土手江戸川」

「そう言っちゃうと、カッコ悪いですね」

「ですね。アパートだか何だかわからないし。でもぴったりはぴったりですよね。まさに土手だし。ベルジュだし」

「ベルジュですね」

江戸川をモーターボートが走っている。水門があるこちら旧江戸川ではなく、そのまま江戸川を走っていく。中州っぽい陸の向こうへと消える。

その中州っぽい陸を見て、佐野さんが言う。

「あそこは、もう千葉県なんですね」

「そうと決まってはいないですよ」

「ん？」

「あそこ、千葉県か東京都か決まってないらしいです」

「そうなんですか？」

「はい」

「千葉県、ぽくないですか？」

「ぽいですけどね。いろいろと経緯があるみたいで」

僕は簡単に説明した。江戸川水門ができたときに旧江戸川の流路が変わり、境界未定地になってしまったのだと。それで今は河原番外地と呼ばれているのだと。

「へぇ。河原番外地。それもぴったり」

「そうですね。微かにアウトロー感もあって」

「わたし、いつもあのわきを通って妙典駅まで行ってますよ、自転車で」

「通勤、ですか？」

「はい。勤務地が南砂町なので、篠崎からじゃなく、そっちから」

「あぁ。東西線で」

「そうです。じゃあ、わたしいつも、東京からグレーゾーンを通って千葉に行ってるんですね」

「そういうことですね」

「あの辺り、夜はこわいんですよ」

「でしょうね」

「もし襲われたらどうしよう。警視庁と千葉県警、どっちがたすけてくれるんですかね」

「うーん。一一〇番が、どっちにつながるのかな」

「場所はどこですか？　江戸川寄りですか？　旧江戸川寄りですか？　とか訊かれて、たらいまわしされたりして」

「いや、さすがにそれはないでしょうけど」

「襲われてるのに電話できないですしね」

「いや、それもまた、何というか、笑えないですよ」

「わたし、転職して、新しい職場が南砂町になったんですよ。その前は都営新宿線の浜町で、だからここに住んだんですけど。で、転職を機に引っ越すつもりでいて。そしたら職場が南砂町。引っ越さなくてよくなっちゃった」

「あぁ、そういうことですか」

「まあ、引っ越してもよかったんですけど」

「お金がかかりますしね、引っ越しは。あと手間も」

「そうなんですよね。しかも前より近くなったから、それで引っ越すのもバカらしいなと思っちゃって」

その流れで、佐野さんは具体的な勤務先名まで教えてくれた。ホームセンターだ。そこの社員で、今は店舗に配属されている。売場にも立つという。小売店だから、基本的には平日休み。だがシフトの関係で、今週は今日土曜が休みになったのだそうだ。

「僕もこないだホームセンターでやかんを買いましたよ。佐野さんのところとは別のお店ですけど。ホームセンターは、やっぱりちがいますね。種類がたくさんありました。選べました」

「やかん。ウチもたくさん置いてますよ」

「店員さんもつかってるという笛吹タイプのを買ったんですけど。お湯が沸いたあともそのままにしておくと、フィ～ッていう音がかなり大きくなるので、あわてて火を止めます。逆に、その音が二階に聞こえちゃってないですか？」

「だいじょうぶです。それが二階まで聞こえるようなら相当ですよね。でも実際に聞こえたら、お、沸いてるな、と思っておきますよ。沸いた気配を感じておきます」次いで佐野さんは言う。

「新川さんは今、どちらに通われてるんですか？」

されて当然の質問。僕はこう答えるしかない。

「えーと、通ってないです」

「え？」

「会社、辞めてしまって」

「あ、わたしと同じだ」

「はい。でも佐野さんとちがって、再就職はしてないです。そろそろ動こうとは思ってるんですけど、今は停滞中というか何というか。四月からなので、停滞はもうかなり長いです」

「もしかして、何かやりたいことがあるとか」

「そういうことではないです。何かあればよかったんですけど。やりたいこと、もしくはやれることが」

「ごめんなさい。変なこと訊いちゃって」

「いえ。ちなみに佐野さんは、すぐに次を決められたんですか？」

「そうですね。今日そっちを辞めて明日からこっち、みたいなわけにはいかなかったですけど。一ヵ月ぐらいは空いたのかな。いや、そこまではいかないか」

「そうするべきなんですよね、ほんとは。次の見当をある程度つけてから辞めるとか」

「人それぞれ、ケースバイケースじゃないですかね。わたしは前の会社にいるときから少し動いてはいましたけど、その感じにはならない退職だって、たぶん、ありますよね」

「僕がまさにそれでした。ただ、そうだとしても、辞めてから考えよう、ではダメですよね」

「辞めてから考えよう、だったんですか」

「はい。で、まだ考えられてないという」これも訊いてみる。「佐野さんは、希望どおりにいけたんですか？　再就職」

「ほぼそう、ですかね。お店で接客をしたかったんですよ。しかも広いお店で。なので、希望どおりといえば希望どおりです。今はインテリアを担当してますよ。だからもし部屋のカーテンを替えたいとかそういうのがありましたら、ぜひウチで」

「そのときはぜひ」と言いながら考え、こう続ける。「今度収納を見直そうと思ってるんですよ。学生時代から残ってるいらない服は全部捨てて、カバー付きのワードローブとかハンガーラックとかにまとめてすっきりさせたいなと」

「そういうのも、ウチ、あります。よかったら一度見に来てくださいよ。わたし、ご案内しますから」

「ほんとですか？」

「はい。ぜひぜひ。さすがに、同じアパートの住人割引、はできないですけど。ベルジュ割引、みたいなことは」

自分で言ってみて、思う。

部屋の模様替え。再始動の第一歩として、いいかもしれない。風鈴は、第一歩としては歩幅が狭すぎた。模様替えは、いい。

とはいえ、やはり、次の就職先を決めてから、にするべきだろう。今は無収入。散財をしている場合ではない。

ただ、順序は変えてもいい。部屋の模様替えをするために次の就職先を決める、にしてもいい。目標があれば、動きやすくはなる。

「停滞は」と佐野さんが言う。「わたしもちょっと、してますよ」

「はい？」

「仕事でではないですけど、私生活で。って、別に問題を抱えてるわけではないんですけど。何か、いろいろと、進んでいかないというか」

「あぁ」

「二十八歳って、たぶん、人が一番進んでいかなきゃダメ、くらいの年齢じゃないですか。もう三十も見えてるし、働くことにも慣れて、さらにその先を見ていかなきゃいけないっていう」

「そう、なんでしょうね」

「だからって、ただ動けばいいわけでもないという気もしちゃって。で、どうしたらいいかわからなくなって。わたし、こないだ、島に行ってきました」

「島、ですか」

「といっても、無人島とかそういうのではなく。佐渡島とか淡路島とかそういうのでもなく。近場。妙見島」

「あ、妙見島」

「知ってますか？」

「はい。浦安と葛西のあいだにあるあれ、ですよね」

「それです。東西線に乗ってるとラブホテルの看板が窓から見える」

「あぁ。ラブホテル」

雅親。

「あそこ、行ってきました。って、ラブホテルに行ったわけじゃなくて、島に行ってきました。上陸してきましたよ、妙見島に」

「あそこ、どうやって行くんですか？」

「上を通ってる橋から下りられるスロープと階段があって。そこからですね」

「へぇ。どうでした？　妙見島」

「あのラブホテルがあって、マリーナがあって、会社があって、神社があって、猫がいて。でもそれだけ。二十分もあればまわれちゃいました。歩けるところもそんなにはないので」

「神社があるんですか」

「ありましたね、ちっちゃいのが。よく町なかにぽつんとある、鳥居と祠だけみたいなそれ」

「猫もいるんですか」

「いましたね、黒白のが」

「まあ、そうか。いますよね。人がいれば、猫も」

「住んでるんでしょうね。よそから通ってるとは思えないし。だから、あそこから出たこともないんだろうな」

「でしょうね」

「何か、不思議なとこでしたよ。日常なんだけど微妙に非日常というか、落ちつかないんだけど落ちつかないなりに変に落ちつくというか」

「ちょっとわかるような気がします」

そう言うと、僕はあらためて河原番外地を見る。

考える。

というか、大して考えない。口が先に動いてしまう。

「佐野さん」

「はい」

「あそこも、行きませんか？」

「はい？」

「河原番外地。今から行ってみませんか？」言ってしまってから、急いで足す。「って、あの、お時間があればですけど」さらに足す。「あ、でも、いつも通ってるんですもんね」

「通ってますけど、その通り道より先に行ったことはないです。野球のグラウンドの先というか、ここから見える先端のほうには。さすがに一人で行くのはこわいので」

「まあ、見たまんまで、実際、木が生えてるだけなんでしょうけどね」

「でも、あっちからこっちを見てみたい気もしますね。というか、まず、先端まで行けるんですかね」

「それも、知りたくないですか？」

「知りたいですね。じゃあ、行きます？」

「行きましょう。明るいうちに」

自分で言っておきながら、まさかの展開。今日初めて話した佐野さんと、前からずっと見ていた河原番外地に行くことになった。変な感じだ。

まあ、行くといっても大したことはない。川の向こうに見えているのだから遠くもない。今いるところから旧江戸川沿いに少し下り、江戸川閘門と江戸川水門のわきの橋を渡ってそちらへと移るだけ。そこから今度は川沿いに上って先端部まで行ったところで、距離は一キロもないだろう。

というわけで、まずは旧江戸川に架かるその橋へ。

入口のところに、バイク通行禁止！　と書かれた看板が二つ置かれている。左に一つ、右に一つ。

橋を並んで歩きながら、佐野さんに言う。

「ここ、夜はかなりこわくないですか？」

「こわいです。でも防犯ブザーは持ってますし、明るいことは明るいですし」

確かに電灯はたくさん立てられている。それでも、すぐ近くに家はない。防犯ブザーを鳴らしたところで、その音は誰かの耳に届くのか。

橋を渡りきり、島ではない島にあっさり上陸。

行きましょう、と言ってからまだ十分も経っていない。近いのだ、本当に。

右方には、国土交通省の河川事務所の出張所がある。

左方が先端部だ。野球場が二面あり、その向こうは雑木林のようになっている。たぶん、それが先端まで続く。

階段を下りて、そちらへと向かう。

「わざわざここへ野球をやりに来るのも何ですね」と僕が言い、

「何ですね」と佐野さんも言う。

「野球場は、僕ら側の河川敷にいくつもありますからね」

「はい」

「あ、でもこの野球場を管理してるのは市川市なのか。だとすると、つかうのは千葉県の人ってことになるのかな」

「市川側の河川敷にも、野球のグラウンドはありませんか？」

「あぁ。そう言われれば、あるような」

二人で野球場の横の道を歩く。

そこはもう砂利道。舗装はされていない。

わきには草も生えている。進むにつれてその丈は高くなり、視界は遮られる。二十三区内に住んでいるとあまり感じることはないが、草はすごいのだ。人の背丈など余裕で越えてしまう。わずか数日でそこまで伸びてしまう。

「これは夜はこわいですよ」と僕。

「今でもこわいですよ。一人じゃ絶対無理」と佐野さん。

そう言われたことで、二人でいるのだと感じる。

不思議だ。奇妙と言ってもいい。佐野さんと僕。友人でも何でもない。なのに今、こんなところを歩いている。河原番外地探検、をしている。僕はいいが、佐野さんがいいのか？
でも同時に、これまた奇妙としか言えない安心感もある。まさに、同じアパートの住人、だからだろう。他人といえば見事に他人なのだが、何というか、まったくの他人ではないのだ。ただし、佐野さんが言っていたように、同じアパートの住人、との確証が、今もって僕にあるわけではないが。

「いやぁ、番外地感が出てきましたね」と僕。

「こわっ！」とシンプルに佐野さん。

確かにこわい。歩いているだけで、何だかさわさわする。そわそわ、ではなく、さわさわ。急に何かが飛び出してくるんじゃないかと、いくらか不安になる。

その何かのイメージができない。ここだからこそできない。まさか猪はいないだろうし。昼間だから霊でもないだろうし。となれば、人、なのか。人。誰？

いよいよ先端に近づく。

その辺りはもう草ぼうぼう。それなりに高さのある木々も増える。道はほぼけもの道。

佐野さんは、うわぁ、僕は、うおぉ、というような声を発するだけ。視界が狭まるとやはりこわさは増すのだとわかる。ゴールが近いことを知っていなければ、さらにこわいだろう。

木々の隙間から川は見えるし、広い空も見えるのに、こわい。町なかのこれはこわい。何だろう。町なかなのに隔絶された感じがこわいのか。

そしてゴールはあっさり現れる。僕らがぽんとそこに出る。

先端部。別に尖っているわけではない。丸くなっている。半円のような曲線。柵はないが、護岸整備はされている。岸はしっかりと固められている。そこに水がチャプチャプと当たる。

上流に向かって先端に立つと、左は旧江戸川で、右は江戸川。江戸川はそこで二つに分かれる。そしてどちらもが東京湾へと行き着く。川とはいえ、広い。両岸までそれぞれ百メートル以上。江戸川のほうは二百メートル近くあるかもしれない。左側の岸は東京都で、右側の岸は千葉県。ここで都県が分けられるのは、大いに納得できる。

で、この場所自体は番外地。どちらでもない。不思議だ。

「あぁ。こうなってるんですね」と佐野さんが言い、

「やっぱり、見えたままといえば見えたままですね」と僕が言う。

佐野さんが右手を伸ばして左側の岸を指す。

「あの辺だ、さっきわたしたちがいたの」

「そうですね」

「時間がそんなに経ってないからか、まだあそこにいるような気がしますよ。今ここにいるのにあそこにいるような気がするっていうんじゃなくて。あそこにもわたしたちがいて、こっちを見てるような気がする。何か、幽体離脱しちゃったみたい」

「僕は、今ここにいる感じ、だけですかね。来るべくして来たというか、いるべくしているというか」

「川をこうやって真ん中から見られるのは、いいですね」

「いいですね。船に乗ってとかじゃなく、陸に立って見られるからなおいい、ということなのかな。揺れないから、いい」

「あぁ。でもここ、台風のときとか、どうなるんですかね」

「すごそう、ですね」

「こうやってこんなとこに立ってられないくらい、水、来ちゃうんですかね」

「かもしれないですね」

一日に一人でもここを訪ねる人はいるだろうか、と考えてみる。

一人どころではない、案外いるのかも、とすぐに思う。僕のように川べりから見て、あそこどうなってるんだろう、と気になって来る人。地図を見て、ここはどうなってるんだろう、と気になって来る人。そんな人たちは、番外地であることまでは知らずに来るのかもしれない。

そして、やはり僕のように番外地だと知っているからこそ来る人もいるだろう。外れた場所というかどこでもない場所というか、そんな場所に立ちたいと思って。

そう。行きたいではなく、立ちたい。そう言うほうがしっくりくる。

「やっぱり、何か不思議ですね」と佐野さんが言う。「妙見島も不思議だったけど、ここも不思議。何なんでしょうね。何て言っていいかわからない」

「でもこんな場所が町なかにあるのはいいですね」

「町なかでもないですけどね」

「川なか、か」

「町なかの川なか、ですね。だから、町なかか」

「こんな場所が町なかにあること自体がいいんじゃなくて、こんな場所もあると町なかで知れることがいいのかもしれないですね」

「あぁ。それはそうかも」

さっき佐野さんが言ったとおりだ。

落ちつかないんだけど落ちつかないなりに変に落ちつく。その感じがここにも確かにある。でもそれは、一人ではないからかもしれない。考えてみれば、僕は久しぶりに、人と一緒に何かをしたのだ。

退職してから、落ちつかない状態が続いていた。

物心がついたころからずっと、僕はどこかに所属していた。幼稚園、小学校、中学校、高校、大学、会社。

幸い、大学は現役で受かり、浪人することはなかったので、すき間はできなかった。そうなっていたとしても、予備校には通っただろうから、そこに所属してはいたはずだ。

退職して初めて、所属先がなくなった。まったくの無所属になった。

初めの一ヵ月ぐらいはそうでもなかったが、やがて不安が生まれた。このままいく可能性もなくはないのだな、という不安だ。

そうしようと思えば、簡単にできてしまう。僕自身が動かなければいい。本当にそれだけでいい。動かない僕のもとへ誰かが寄ってきて、はい、あなたの所属先はここです、と次を斡旋。そんなことは、ない。

不安は今も続いている。続いているのに、僕はこうしている。こんな場所にいて、落ちつかないなりに変に落ちつく、などと言っている。愚か度は高い。ここまでの二十八年でピークかもしれない。つまり僕は愚の絶頂、逆に言えば人生の底辺にいるわけだ。

そう考え、ちょっと笑う。

ふと背後の雑木林を見て、思いだす。

元カノジョのほまれと初めてキスをしたのが、こんな場所だった。

番外地、ということではない。川べりの雑木林みたいなところ、だ。大学のゼミ合宿で利用していた保養施設の近くにあった。

大学四年の夏のゼミ合宿。就職も決まり、開放的な気分になっていたのだろう。僕らはそこでキスをし、それを機に付き合いだした。そして三年で別れた。その三年後に僕は退職する。

ほまれ。まだあの自由な社風の会社で働いているのか。もしかしたらあの自由な気風のカレシと結婚でもしたのか。あるいはこれからするのか。

というそれは、ただ思うだけ。気持ちは揺れない。かつて関わりがあった者として、ほまれが幸せになればいいと、まさにただ思う。

いきなり佐野さんが言う。

「今度馬車に乗りませんか？」

「はい？」

「ポニーランドの馬車」

「あぁ」

「前から乗ってみたかったんですけど、一人だとちょっと乗りづらいんで。だからといって、よそから友だちを呼んで一緒に乗るほどのものでもないし」

「まあ、確かに」

「ポニーはダメだけど、馬車は大人も乗れますもんね」

「そうらしいですね」

「ほんとはポニーにも乗りたいんですけど。こいつ重いなぁ、みたいな顔をポニーにされたらショックなんで、それは、まあ、いいとして。せめて馬車には乗りたいなぁ、と思ってたんですよ。何せ、タダだから。そこは江戸川区民の利を活かさないと」

「ん？」

「江戸川区民じゃなくてもだいじょうぶじゃないですかね」

「江戸川区民以外は乗せないってことでもないでしょうし」

「あぁ。まあ、そうか。乗るときに、江戸川区民ですか？　なんて訊かれないですね」

「たぶん」

「いやですもんね。ポニーランドで馬車に乗るために、免許証か保険証を見せろ、江戸川区民であることを証明しろ、なんて言われたら」

「いやですね」

「だったら乗りません、と言いたくなっちゃいますよ」

「なっちゃいますね」

「新川さんは、乗ったことあります？」

「いえ、ないです」

「じゃあ、乗りましょうよ。大人でも、二人なら恥ずかしくないし」

「佐野さんがいいなら」

「いいですよ。ベルジュの住人同士、そのぐらいはありですよね」

「あり、なんですかね」


あり、なのだろう。一緒に番外地探検はしているのに一緒に馬車には乗らない、は変だろう。いや、変でもないのか。よくわからないが、いい。そう言われて、僕も何となく乗ってみたいと思うようになってはいるのだから、いい。乗れ。


「じゃあ、乗りましょうか」と僕。

「乗りましょう。次の休みにでも」と佐野さん。

「行けるときに言ってください。僕はまだしばらく、いつも休みですから」

「了解」


まだしばらく、を付けたな、と思う。いずれそうではなくなることを感じさせる言葉だ。僕もそのくらいのことはもう言えるようになっている。遅いが。

「来てよかったですよ」と佐野さんが言う。「こういうとこなんだと、知れてよかったです。少し不安が弱まりました。これでもう、妙典から自転車で帰ってきたとき、この先に悪魔が住んでるのかも、と思わなくてすみます」

「思ってたんですか？」

「思ってました。悪魔か猪のどっちかはいそうだなと」

「悪魔か猪」と笑う。「その二つなら、まだ猪ですかね。いてほしいのは」

「わたしは、悪魔かな」

「そっちですか？」

「だって、猪は噛んでくるじゃないですか。悪魔なら、もっとちがうやり方をしてくれそうですよ」

「そのほうがこわくないですか？」

「うーん。想像力のないわたしは、そのちがうやり方を想像できないから、やっぱり猪のほうがこわいですね。噛まれたら痛そう、血とか出そう、とは思っちゃうから」

佐野さんと二人、来た道を戻る。

さすがに帰りは、何かが飛び出してきそう、とは思わない。むしろ、猪が本当に飛び出してきたらおもしろいな、と思う。

けもの道から砂利道へ。

そして野球場の横を通って階段を上り、旧江戸川に架かる橋を渡って、正真正銘の東京都へ。

「生還しましたね」と佐野さんが笑い、

「しましたね」と僕も笑う。

そこからアパートは、もう、すぐだ。ベルジュ、土手、というくらいだから、本当にすぐ。で、その敷地には、引っ越し会社のトラックが駐まっている。アパートでまさに引っ越し作業がおこなわれている。

入居ではない。退居だ。僕の隣、一〇二号室。

家族三人が外に出ている。お父さんとお母さんと娘さんだ。はっきり顔がわかるのは、話したことがある娘さんだけ。

さすがにあいさつをする。そこはお父さんお母さんの顔をちゃんと見て。

「こんにちは」

僕にかぶせるように佐野さんも続く。

「こんにちは」とお父さんお母さんも返してくれる。

やや遅れて娘さんも続く。

この状況でそれだけというのも何なので、僕は言う。

「お引っ越し、ですか」

「はい」とお父さんが応えてくれる。「もう終わりますので」

「すいません」とお母さんも言う。「ごあいさつもなしで」

「あ、いえ、それは」と僕。

「わたしもすいません」とこれは佐野さん。「いつもまさにあいさつだけで」

そこへ、二階から誰かが階段を下りてくる。

佐野さんと僕よりは少し上ぐらいの女性。たぶん、二〇二号室に住んでいる人だ。

「こんにちは」とその女性がお父さんお母さんに言う。「お引っ越し、なんですね」

「はい」とお母さん。「すいません。うるさくなかったですか？」

「いえ、まったく。じゃあ、しばらくは空くんですね、一階」

「おそらく」

「まあ、すぐにどなたかが入居なさるでしょうけど」

「そう、でしょうね」

「すいません。もうちょっとお話しできればいいんですけど、美容室の予約がありまして。電車で行かなきゃいけないものですから」

「あぁ、どうぞどうぞ」

確かに、女性の服装にはお出かけ感がある。ちょっとコンビニへ、という感じではない。髪はショートボブ。そこそこ短いが、まだ切るのか。女性は美容関係にお金がかかるから大変だな、と思う。

頭を下げ、女性は去っていく。

家族三人だけでなく、佐野さんも僕も頭を下げて見送る。

女性が敷地から出ると、佐野さんが言う。

「すごい。一瞬ではあるけど、アパートの全員がそろいましたね。最後なのに」

「あぁ。そうなりますね」と僕。

全四室のうちの一室の人たちが引っ越すから最後、ということだ。実際、僕が入居してから人の出入りはなかったので、最後、の感じはする。

「あの」とお母さんが佐野さんと僕に言う。「お二人は、ご一緒、ですか?」

ご一緒。一瞬意味がわからず、考える。連れということか、と気づき、あわてて言う。

「あ、いえいえ。そういうことでは」

「偶然お会いしたんですよ。川のところで」と佐野さんが説明する。

でもそこまで。偶然会っただけなのに河原番外地に行ったんですよ、とは佐野さんも僕も言わない。話がややこしくなるから。

いくらか間を置いて、娘さんが僕に言う。

「新潟に行くんですよ」

「新潟。そうなんだ」と返す。

「新潟市。市内」

「じゃあ、雪が降るの?」

「市内はそんなでもないみたいです。ね?」

「うん」とお母さん。

「降るけど、新潟、とこっちの人が聞いて思うほどは降らないみたいです」とお父さんが補足してくれる。

「あ、そうなんですね」もうこれ以上は邪魔になるかと思い、僕は言う。「では、あの、お気をつけて」

「ありがとうございます」とお父さん。

「お世話になりました」とお母さん。

いえ、お世話なんてまったく、と言いそうになるが、言わない。それはただのあいさつ。あちらとしても、そう言うしかないのだ。

ただ、僕も娘さんには言う。

「部活、もし新潟でもやるなら、がんばってね」お父さんとお母さんの手前、これも足してしまう。「あと、勉強も」

「とってつけた感！」と佐野さんが笑う。

それを聞いて、お父さんお母さんも笑う。

娘さんも笑いながら言う。

「部活はがんばります」

「はって何よ」とお母さん。「勉強もがんばってよ」

「どっちもがんばるよな」とお父さん。

「どっちもは無理」と娘さん。

何か話があるらしく、引っ越し業者さんが寄ってきたので、そこでやはり頭を下げ、三人と別れた。

馬車に乗れる時間を調べてお伝えしますよ、と言われ、お願いします、と返して、佐野さんとも別れる。

佐野さんは階段を上っていき、僕は一〇一号室に入る。

ＬＩＮＥのＩＤを交換したりする必要はないのだ。何せ、上と下だから。

いや、でも、いちいち訪ねなければいけなくなるから、そのくらいはしておくべきだったか、と思い、次いで、あ、コンビニに行くの忘れた、と気づく。

今日は散歩終わりにコンビニで弁当を買うつもりでいたのだ。しかたない。あとでもう一度出るしかない。

で、ほかにも何か忘れているような。

そうだ、と思いだし、ベランダに出て、風鈴を外す。

部屋に戻り、それを収納ボックスの引出しに入れる。

そして、早いけど、まあ、いいや、と窓のシャッターを下ろし、ベッドに横たわる。散歩プラス番外地探検でいつもより長く歩いたからちょっと休憩、というつもりで。

明かりは点けない。暗いまま。

薄ぼんやりと白い天井を眺めながら、今別れたばかりの家族のことを考える。

そういえば、名前を知らない。そのぐらいは聞いておけばよかった。今日ではなく、もっと早いうちに。

新潟、遠いな、と思う。僕の実家がある山形よりは少し近いが、それでも遠い。

お父さんとお母さんと娘さんは都内なり新潟なりのホテルに泊まり、明日の早い時間にトラックが新居に着いて荷下ろし、ということなのかもしれない。

すぐ隣で暮らしていたが、僕はあの家族を知らない。知っているのは、娘さんがバスケ部に入っていたことぐらい。家族はそこでどんなふうに暮らしていて、新潟でどんなふうに暮らすのだろう。

それから僕は白い天井のすぐ上にいる佐野さんのことを考え、番外地のことも考える。

落ちつかないなりに変に落ちつく場所。今度は一人で行ってみるのもいい。何かで気持ちが揺れたらあそこに行くのだ。で、変な落ちつきを得て、戻ってくる。

また佐野さんと行ってもいい。一人で行ったら行ったで、次は佐野さんと行きたくなるかもしれない。そんな気もする。

別におかしな意味ではない。さっき佐野さんも言っていた。一緒に馬車に乗ることについて。ベルジュの住人同士、そのぐらいはありだと。

同じアパートの住人同士、一緒に散歩ぐらいはしてもいい。どちらもがしたいのなら、すればいい。

やかんも買ったし、風鈴も買った。番外地も探検した。明日から仕事を探すかなぁ。

そんなことを思いつつ、ウトウトする。

夜は夜でしっかり寝ていても、やはり横になるとウトウトするよなぁ。

そんなことも思いつつ、ウトウトする。

リリリと虫が鳴いている。

もう秋だなぁ、と軽めに思ったあと、強めに思う。

いやいやいやいや、部屋のなかだよ。

鳴き声は、部屋のなかで、しているのだ。虫、室内にいるはず。

それでウトウトは解消。目は覚める。僕、虫は得意ではないのだ。

大学時代、世田谷生まれの雅親に訊かれた。山形出身だとさ、虫とかこわくねえの？

まさか、と答えた。こわくないわけないよ。山形といっても市内だから、こわいよ。

そんな変な答え方になった。こわい。山形市は、ここほどではないが、ちゃんと町なのだ。たぶん、新潟市もそうであるように。

鳴く虫。コオロギか何かか。せめて小さければいい。この声なら、大きくはないだろう。小さいことに期待。

この手の虫は、探したところで見つけられない。出合ったとき、その虫を見失わないうちにどうにかするしかない。

それは人も同じ。その意味で、佐野さんとはいい出会い方をしたのかもしれない。もう何年も前からあいさつだけはしていたが、それでもやはり出会ったのは今日だ。お互いの顔を見ないそのあいさつだって、決して無駄ではなかった。それをしていたから、話したときの安心感もあったのだし。

と、そんなことを考えて、笑う。無職の人間が、何、それらしいことを言ってるんだよ、と思って。

その笑いは、声として口からは出ない。が、息として鼻からは出てしまう。ヌフッと。

それに応えるかのように、またもリリリと虫が鳴く。

まあ、贅沢なのか、と思う。秋の風情を部屋のなかで楽しめているわけだから。

会社は辞めた。

初めて道を踏み外した。

でも、無理にもとの道に戻る必要はないのだ。

少し外れているとしても、それはそれでいい。

僕はスマホを手にし、電源を入れる。

部屋の暗闇に、画面の明かりが点る。

ＬＩＮＥのメッセージを打つ。

一度音読してから雅親に送る。

〈当日もまだ無職だったらごめん。でも行かせてもらいます〉

本書は書き下ろし作品です。
この物語はフィクションであり、
実在の個人・組織・団体等とは一切関係ありません。

小野寺史宜（おのでら・ふみのり）

千葉県生まれ。２００６年『裏へ走り蹴り込め』でオール讀物新人賞を受賞。２００８年、『ＲＯＣＫＥＲ』でポプラ社小説大賞優秀賞を受賞。著書に『みつばの郵便屋さん』シリーズ（全８巻）、『東京放浪』、『太郎とさくら』、『ライフ』、『天使と悪魔のシネマ』、『みつばの泉ちゃん』（以上、ポプラ社）、『とにもかくにもごはん』（講談社）、『タクジョ！』（実業之日本社）、『片見里荒川コネクション』（幻冬舎）、『食っちゃ寝て書いて』（ＫＡＤＯＫＡＷＡ）、『今夜』（新潮社）、『君に光射す』（双葉社）、『ひと』（２０１９年本屋大賞２位）、『まち』、『いえ』、『うたう』（祥伝社）などがある。

町なか番外地

2024年5月27日　第1刷発行

著者　小野寺史宜
発行者　加藤裕樹
編集　野村浩介
発行所　株式会社ポプラ社
〒141-8210
東京都品川区西五反田三-五-八
JR目黒MARCビル12階
一般書ホームページ
www.webasta.jp

印刷・製本　中央精版印刷株式会社

N.D.C. 913　270p　19cm　ISBN978-4-591-18177-5

P8008459